DERNIER APPEL POUR L'EMBARQUEMENT

Du même auteur

Tout mon temps pour toi, Libre Expression, 2016.
Journal d'un disparu, Libre Expression, 2015.

MAXIME LANDRY

DERNIER APPEL POUR L'EMBARQUEMENT

Libre Expression
Une société de Québecor Média

Catalogage avant publication de Bibliothèque et Archives nationales du Québec et Bibliothèque et Archives Canada

Landry, Maxime, 1987-, auteur
Dernier appel pour l'embarquement / Maxime Landry.
ISBN 978-2-7648-1230-3
I. Titre.
PS8623.A521J67 2018 C843'.6 C2018-940011-0
PS9623.A521J67 2018

Édition : Johanne Guay
Révision et correction : Marie Pigeon Labrecque et Carole Gagnon
Couverture et mise en pages : Chantal Boyer
Photo de l'auteur : Sarah Laroche

Cet ouvrage est une œuvre de fiction ; toute ressemblance avec des personnes ou des faits réels n'est que pure coïncidence.

Remerciements
Nous remercions le Conseil des Arts du Canada et la Société de développement des entreprises culturelles du Québec (SODEC) du soutien accordé à notre programme de publication.
Gouvernement du Québec – Programme de crédit d'impôt pour l'édition de livres – gestion SODEC.

Financé par le gouvernement du Canada | Canada

Les Éditions Libre Expression
Groupe Librex inc.
Une société de Québecor
1055, boul. René-Lévesque Est
Bureau 300
Montréal (Québec) H2L 4S5
Tél. : 514 849-5259
Téléc. : 514 849-1388
www.edlibreexpression.com

Dépôt légal – Bibliothèque et Archives nationales du Québec et Bibliothèque et Archives Canada, 2018

ISBN : 978-2-7648-1230-3

Distribution au Canada
Messageries ADP inc.
2315, rue de la Province
Longueuil (Québec) J4G 1G4
Tél. : 450 640-1234
Sans frais : 1 800 771-3022
www.messageries-adp.com

Diffusion hors Canada
Interforum
Immeuble Paryseine
3, allée de la Seine
F-94854 Ivry-sur-Seine Cedex
Tél. : 33 (0)1 49 59 10 10
www.interforum.fr

Mot de l'auteur

Comment réagiriez-vous si l'on vous apprenait qu'il ne vous reste qu'une année à vivre ? En principe, ce n'est pas une question qu'on se pose en ouvrant les yeux le matin. Mais si cette simple interrogation était susceptible d'améliorer votre vie, de vous faire revivre ? Cela peut paraître ironique, je sais…

On se retrouve tous, à un moment ou un autre, devant une impasse. Il y a des jours où plus rien ne semble avoir de sens. Les décisions qu'on prend dans pareilles circonstances seraient-elles les mêmes si l'on connaissait notre date d'expiration ?

Loin de moi l'idée de vouloir dramatiser une situation. C'est seulement que je considère que la vie mérite d'être vécue totalement, sans retenue et sans demi-mesures. Comme si l'on allait mourir demain.

À tous ceux qui combattent…
La victoire ne se compte pas en nombre d'années,
de mois ou de jours qu'il nous reste.
Elle est plutôt dans ce que l'on choisit d'en faire !

— Mademoiselle Walter ?

Mes yeux en pleurs cherchent à qui appartient cette voix agressante surgissant de l'autre bout de la pièce. Une voix si forte qu'on jurerait qu'elle provient d'un porte-voix. À travers un brouillard de larmes, j'aperçois un parfait inconnu qui attend sur le pas de la porte.

Je suis complètement exténuée. Il m'est impossible de faire le moindre effort pour le saluer. Tout mon corps me fait mal. La sueur coulant de mon front jusqu'à mes yeux rougis m'empêche de distinguer les traits de l'homme.

— Excusez-moi... J'aurais besoin de vous parler.

— Sans vouloir vous vexer, si c'est pour m'apporter une mauvaise nouvelle, je préférerais que cela attende, monsieur.

L'homme en blouse blanche s'impose. Il s'avance et s'installe dans le petit fauteuil de cuir bleu juxtaposé à mon lit. L'infirmière, qui fait tout son possible pour veiller à mon confort, lève les yeux au ciel en soupirant, exaspérée.

On l'entend maugréer:

— Ces médecins, ils se croient tout permis!

Je la regarde et, d'un hochement de la tête, lui signifie que ça ira. Les lumières tamisées de la chambre m'apaisent, malgré l'inquiétude qui me gagne.

— Je suis le Dr Brown. Je travaille pour le cabinet du Dr Edward.

Déjà, il fait une courte pause. Je déteste cette manie qu'ont les médecins de prendre leur temps pour dire ce qu'ils ont à dire. Il y a certaines situations dans la vie qui pourraient très bien se passer de préliminaires...

— Pourquoi n'est-il pas venu lui-même?

— Mademoiselle Walter, ce que j'ai à vous dire risque de vous choquer.

Je ferme les yeux. De toute façon, qu'est-ce qui pourrait bien m'arriver de pire? Pourquoi ne puis-je pas simplement profiter des quelques instants qu'il me reste?

— La mort ne me fait plus peur dorénavant.

Plus un bruit dans la chambre. On tend l'oreille pour accueillir ce que le Dr Brown s'apprête à m'annoncer.

Un an plus tôt…

1

Un bruit strident vient tuer le silence qu'on nous impose.

— Jure-moi que tu ne répondras pas à ton foutu téléphone !

Je rougis, baisse les yeux et me relève difficilement du fauteuil trop bas dans lequel je m'étais enfoncée il y a quelques secondes à peine.

— Tu n'es pas essoufflée de toujours devoir te rendre disponible comme ça ? Ils ne te laisseront jamais tranquille, Lily. On est ici pour se détendre, je te signale. Si ça continue, c'est toi-même qui rédigeras ta propre notice nécrologique. Ils ne peuvent pas se passer de toi un seul instant ? C'est ton anniversaire quand même !

— Si je ne réponds pas, ils vont laisser un message... Alors je ferai semblant d'aller aux toilettes, prétextant une envie pressante dans le seul but de vider ma boîte vocale, en me trouvant pathétique. Je préfère répondre tout de suite.

Rosie soupire. Elle prend une grande gorgée d'eau citronnée et ferme les yeux pour éviter de me voir faire les cent pas en parlant au téléphone, juste avant notre massage.

Je savais bien que cela se passerait ainsi. Avec l'émeute d'hier soir au square et les manifestations d'un bout à l'autre de la ville, il est impensable d'avoir un moment de répit. Je ne m'imaginais quand même pas pouvoir me prélasser dans un spa pendant que l'être humain s'autodétruit à l'extérieur. C'est New York ici ! On a toujours un événement à couvrir.

C'est le rêve de tous les journalistes de travailler pour le *New York Prime*, mais il faut être prêt à donner son âme au diable. C'est ce que j'ai choisi de faire.

Aujourd'hui plus que jamais, j'en subis les conséquences. Si l'on m'avait dit, quand je suis sortie de l'école de journalisme, tous les sacrifices que je devrais faire pour laisser ma trace dans ce domaine, j'aurais sérieusement remis en question ma passion pour l'information.

Ça fait deux ans que je n'ai pas vu ma famille. Moi, Lisa Walter, celle qui ne passait pas une seule journée sans parler à sa mère.

J'aime mon travail, mais je suis débordée. Nous sommes le 21 décembre. Pour certains, c'est la première journée de l'hiver. Pour moi, c'est la dernière journée avant la tombée du cahier spécial du printemps prochain. Je travaille là-dessus depuis des mois, au grand désarroi de ma meilleure amie, Rosie.

Comme si couvrir l'actualité n'était pas suffisant, on m'a demandé de dévoiler aux lecteurs les tendances de cette saison. Suis-je devin ? J'ignore ce que je ferai demain…

— C'est notre tour, Lily, tu viens ?

Sa voix perçante, la même depuis l'adolescence, me fait sursauter et me sort de ma conversation téléphonique. Je lui fais signe de la mettre en sourdine. Elle croit que c'est mon patron. Elle le connaît, M. Colt. Elle sait qu'il ne raccrochera pas avant d'avoir vidé son sac d'idées extravagantes qui ne survivront pas jusqu'à l'impression du journal.

— J'arrive, dis-je du bout des lèvres.

En levant les yeux au ciel, agacée, Rosie prend une grande bouffée d'air parfumé à l'eucalyptus.

Mon interlocuteur poursuit :

— Je ne peux rien vous dire par téléphone, mademoiselle Walter. Vous devrez passer à mon bureau le plus rapidement possible. Est-ce qu'on peut se voir demain à la première heure ?

— J'ai du travail. Serait-ce possible en soirée ?

— À la première heure, mademoiselle Walter, c'est important.

— J'y serai…

Rosie me tend une serviette, que je ramasse brusquement. Je ne sais même plus ce qu'on est venues faire ici. Tel un robot, je la suis jusqu'à la chambre du fond.

Elle me dit tout bas :

— Je t'avais dit qu'on aurait les deux plus beaux massothérapeutes de l'établissement. Regarde comme ils sont craquants.

— Il faut vraiment que tu rencontres quelqu'un, toi !

— Lisa Walter, qu'est-ce qui se passe ? Tu peux retourner au bureau si tu préfères, je me ferai masser toute seule ! Qu'est-ce qu'ils ont encore ? Personne ne peut rédiger les petites annonces ? Tu vas devoir passer la nuit à répertorier les vieilleries dont plus personne n'a besoin ?

— Rosie, arrête !

— Je ne te reconnais plus, Lily. On est ensemble depuis qu'on est toutes petites. On a grandi dans le même village. On a presque marché dans les mêmes bottines. On a fréquenté les mêmes garçons. Bon, moi d'abord et toi ensuite ! Mais aujourd'hui, j'ai du mal à avoir une conversation de cinq minutes avec toi sans que tu sois dérangée par un courriel ou un appel de ton patron. Quand vas-tu enfin prendre le temps de vivre ?

— Je suis sortie avec Jason bien avant toi, dis-je pour changer de sujet et détendre l'atmosphère.

— Là n'est pas la question, Lily. Veux-tu finir ta vie toute seule devant ton écran d'ordinateur ? Regarde-toi…

Elle me prend par le menton et tourne mon visage vers le grand miroir couvrant le mur. Je ne me reconnais pas. Ma crinière est si emmêlée qu'on aurait du mal à y insérer un peigne. Et que penser de sa couleur marbrée ? Je ne pourrais même pas dire à quand remonte mon dernier rendez-vous chez le coiffeur. Mon teint pâle annonce au monde entier que j'ai besoin de vacances, et vite !

Par chance, Rosie m'extirpe rapidement de l'analyse désastreuse qui menace de me faire sombrer dans une dépression post-traumatique.

— Tu es jeune, tu as un corps que toutes les filles rêveraient d'avoir. Tu as une belle carrière. Un patron de merde, mais une belle carrière. Ne laisse pas tes belles années te filer entre les doigts pour répondre aux caprices d'un ingrat qui n'est même pas capable de démontrer un minimum de reconnaissance et qui te dérange juste avant une séance de…

Je l'interromps:

— C'était mon médecin, Rosie. Il veut me voir à son bureau demain matin.

— C'est grave?

— Aucune idée, je n'arrivais pas à l'écouter sans que tu cries après moi comme une enfant qui a besoin de sa mère.

— Excuse-moi, Lily…

Je sais que Rosie est désolée. Elle n'a pas besoin de me le dire. C'est une éternelle adolescente. On se connaît depuis toujours. Presque trente ans plus tard, on vit sous le même toit. On a fait le serment de ne jamais se séparer.

Pour dire vrai, ça a fait mon bonheur. J'étais terrifiée de partir toute seule vers la grande ville, et l'arrivée de Rosie m'a réjouie. Même si elle gagne à peine de quoi me payer sa part du loyer, elle persiste et signe. Chaque mois, je dois courir après l'argent, bien que, étrangement, elle en ait toujours quand vient le temps de sortir pour faire la fête.

On s'allonge toutes les deux. L'odeur d'eucalyptus me monte à la tête.

En silence, on s'abandonne aux mains professionnelles de nos massothérapeutes. Elle, dans l'excitation la plus totale au simple toucher des mains féroces de Mark, un grand blond aussi musclé que faussement bronzé. Pourtant, tout le monde sait à quel point c'est mauvais pour la peau. Il n'a probablement pas acheté mon cahier spécial de l'été dernier, celui-là !

Moi, je suis tombée sur le petit roux musclé comme un gamin de quatre ans. Pourtant, je souffre au simple contact de sa paume sur ma peau. Sans compter ma tête qui menace d'exploser.

— Excusez-moi, ce n'est pas que ce soit inconfortable, au contraire. Mais je vais devoir vous demander d'interrompre le massage, s'il vous plaît.

— Ça va, Lily ?

— Ça va passer.

Je me relève et, sur la pointe des pieds, je me dirige vers la lumière qui jaillit de l'extérieur de la pièce.

Ces maudites migraines. C'est ce qui m'a conduite dans le bureau du médecin. Elles sont probablement causées par l'insomnie et les nombreuses heures passées devant mon écran d'ordinateur à rédiger mes articles pour le journal, jusqu'à très tard dans la nuit. Quoi qu'il en soit, elles sont devenues insupportables.

Je laisse Rosie profiter de son Mark. J'avale un grand verre d'eau citronnée.

Je ne réussis même pas à me détendre en lisant. Je ne fais qu'analyser les défauts de rédaction de notre concurrent, le *City Post,* qui traîne sur la table devant moi.

Je parle toute seule :

— Cette Catherine Pond, elle a copié mon article sur la vie en banlieue de New York. Je n'en reviens pas.

Rapidement, on me dévisage et me fait signe de me taire. J'oublie que les gens viennent ici pour se relaxer.

Rosie sort en bâillant, les bras tendus vers le ciel. Au moins, la séance aura été bénéfique pour l'une d'entre nous. En silence, on se dirige vers le vestiaire pour prendre une douche en vitesse.

En sortant, je règle la facture avec ma carte de crédit, puisque je sais très bien que la fin du mois approche et que Rosie n'a pas encore mis d'argent de côté.

— Merci, Lily, je te revaudrai ça !

— On rentre. J'en ai assez.

— Même pas de magasinage ?

— On rentre, s'il te plaît !

On roule vers le petit appartement que nous avons déniché il y a déjà huit ans, fidèles à notre pacte de ne jamais nous séparer. J'ai depuis ce temps comme colocataire Rosie Palmer. La fille la plus distrayante de New York. Nous n'avions que vingt et un ans lorsqu'elle m'a rejointe dans la Grosse Pomme, où j'étais venue étudier deux ans plus tôt.

Du coin de l'œil, je la regarde jouer avec son chewing-gum et ça me fait sourire. Rien n'est compliqué avec elle. Elle me fait mourir de rire quand elle reprend de grands proverbes inappropriés qu'elle choisit au hasard et qu'elle arrange à sa manière. Même les expressions les plus populaires sont quelque part dans un tiroir de son cerveau, pêle-mêle. Quand le temps est mal choisi, elle est incapable de contenir ses grandes envolées philosophiques du genre :

« L'habit ne fait pas le mois... L'avenir appartient à ceux qui se lèvent debout ! »

J'aimerais tellement être comme elle. Ne pas me soucier des autres et de leurs problèmes. Elle ne m'a posé aucune question sur mon état de santé à la suite de l'appel de mon médecin. De toute façon, je n'aurais pas su quoi lui répondre.

Et même si la vie des autres ne la dérange en rien, moi je ne suis pas les autres. Elle se ferait tout de même du souci pour moi.

Je me sentirais bien seule sans elle. Surtout quand elle me raconte ses péripéties avec les garçons qu'elle rencontre. Elle a le don de se mettre dans l'embarras. Je ne compte même plus les fois où je suis allée la chercher au beau milieu de la nuit pour l'extirper des griffes du grand méchant loup. Sans parler des innombrables moments où je l'ai accompagnée à la clinique parce qu'elle avait oublié de se protéger. L'insouciance d'une enfant...

On est les plus vieilles amies du monde, même si j'ai parfois l'impression d'être sa mère. Je peux tout lui dire. Absolument tout.

Enfin… presque.

Le médecin n'a pas osé se prononcer au téléphone, mais je sens que quelque chose ne va pas. Et malgré notre amitié aussi solide que le roc, je ne dirai rien à Rosie, car si mes inquiétudes s'avèrent fondées, sa réaction risquerait d'aggraver la situation. Et puis, on est à quelques jours de Noël, je ne vais quand même pas bousiller ses vacances avec mes ennuis de santé.

— À quoi tu penses, Lily ?

— À rien. Je me disais simplement que j'étais chanceuse d'avoir une amie comme toi.

— Est-ce que tu te sens bien ?

— Oui, Rosie. Pourquoi ?

— Tu n'as pas l'habitude de me faire des compliments comme ça, c'est tout…

— Je suis désolée pour le massage raté par ma faute.

— Ce n'était pas raté, au contraire. Mark m'a donné son numéro de téléphone. Il veut qu'on se voie ce week-end, dit-elle en sortant un bout de papier de son soutien-gorge.

— Tu es incorrigible, Rosie Palmer. Tu n'avais pas dit que tes parents débarquaient ce week-end pour Noël ?

— Je sais bien. Je pourrai le leur présenter. Je pense que c'est l'homme de ma vie. Il a des mains…

— Je t'arrête. Je ne veux pas savoir ce qu'il a fait de ses mains quand je suis sortie de la pièce, Rosie.

— Et toi, tu prends toujours l'avion dans deux jours ?

— Oui... Il y a longtemps que je n'ai pas vu ma famille. Mes parents me manquent, tu sais.

— Tu me manqueras aussi.

— Je serai de retour l'année prochaine, ne t'en fais pas.

— Quoi ? Tu pars pour un an ?

— Non, deux semaines, Rosie. Mais nous serons l'année prochaine...

— Pourquoi faut-il toujours que tu parles en paraboles ?

Je souris.

Le grand escalier a enfilé sa robe blanche. Les marches enneigées qui se rendent jusqu'à la porte de notre appartement témoignent de notre absence, donnant l'impression qu'on est parties depuis des semaines. L'hiver est bel et bien là !

D'une main, je tends les clés à Rosie.

— Tu ne crois tout de même pas que je vais monter là-dedans avec mes nouvelles bottes ?

— Non, Rosie. Je veux seulement que tu tiennes les clés.

Avec la rage de devoir encore une fois déblayer toute seule, j'empoigne la pelle. Au beau milieu de l'escalier à moitié déneigé, j'abandonne et je me prends la tête entre les mains. Mes tempes sont sur le point d'exploser.

— Tu devrais parler de cela à ton médecin demain. Ce n'est pas normal d'avoir toujours mal à la tête comme ça.

J'ouvre la porte en respirant de manière saccadée. Ce n'est pourtant pas comme si je venais de courir le marathon. J'ai pelleté douze marches. L'air qui entre dans mes poumons me fait mal. Une main sur le cœur, je m'appuie contre le mur afin de reprendre mon souffle.

Rosie s'exclame :

— Nouvelle résolution 2017, la remise en forme ! Je connais un entraîneur. Il est beau comme un dieu. Avec lui, tu n'auras même pas l'impression de faire d'effort. Et apparemment, il entraîne bien sous la couette, aussi.

— Et ton massothérapeute ?

— Mark ? Franchement… On se connaît à peine, Lily. Il ne faut pas mettre la charrue devant les œufs !

— Les bœufs, Rosie, les bœufs !

Je perçois l'odeur du café vieilli de ce matin, signe que je respire mieux. Rosie l'a encore une fois laissé cramer au fond du récipient. Je tuerais pour en boire une seule gorgée, même si cela irait à l'encontre des recommandations du bon Dr Edward.

— Lily, as-tu vu ma camisole rose avec les petits diamants brodés sur l'épaule ? Mark va saliver en la voyant !

— Regarde sous ton lit ou dans le garde-manger. Tes affaires sont tellement bien rangées, dis-je d'un ton sarcastique.

Je n'ai jamais vu une fille aussi désordonnée. En passant devant sa porte entrouverte, je constate les dégâts. Sa chambre a des allures d'après-guerre. Je ne comprends pas que ma petite vie rangée ne l'ennuie pas à mourir.

Le corridor me semble interminable. Je m'allonge sur mon lit, le temps que la fanfare cesse dans ma tête. Je regarde autour de moi. Tout est prêt pour mon départ. Ma valise est bien rangée, devant ma porte de garde-robe. Mon bagage à main est juste à côté. Le taxi est réservé pour le 23 décembre à 7 h 37, exactement. Tout est réglé au quart de tour.

Si tout va bien, ce soir-là, je dormirai dans la chambre que mes parents ont laissée intacte depuis mon départ. J'aurai quitté cette jungle de béton et je serai de retour à la maison pour Noël. Jamais je n'aurais cru y arriver.

Mon patron, M. Colt, est tellement désagréable à l'approche des fêtes. C'est un vieux garçon aigri qui vit seul. Il peut bien passer des journées entières au bureau, il ne manque à personne d'autre qu'à ses deux chats. Et encore…

Les yeux fermés, j'entends la chasse à la camisole à l'extérieur. Je sais déjà dans quel état je retrouverai l'appartement après le passage de l'ouragan Rosie. Je crois bien avoir aperçu son vêtement sur le dessus de la sécheuse ce matin, mais je n'ai même plus la force de lui dire quoi que ce soit. J'essaie de me concentrer sur ma respiration et sur les battements de mon cœur qui commencent à s'apaiser.

La sonnerie de mon téléphone me fait sursauter et me sort instantanément de l'état de grâce dans lequel mon corps s'était plongé un court instant.

Je réponds aussitôt :

— Lisa Walter !

— Mademoiselle Walter, changement de programme. Vous devez refaire l'article sur la manifestation du square que vous m'avez remis. Nous ne devons pas prendre position pour quelque parti que ce soit, au risque de nous mettre des lecteurs à dos. Je respecte votre opinion, mais vous devrez la taire. J'aurai besoin de vos corrections avant la fin de l'heure.

— Avant la fin de quelle heure ?

— De celle dans laquelle nous nous trouvons actuellement !

— Il ne reste que dix minutes à peine, monsieur Colt.

— Je sais, c'est pour cela que j'ai mentionné « avant la fin de l'heure ». Cela semble plus généreux, non ?

J'aurais préféré me faire réveiller par un seau d'eau glacée en plein visage.

— Monsieur Colt...

— Vous m'avez bien compris ?

— Je vous envoie cela dès que possible.

Il raccroche !

— Bonne soirée à vous aussi, monsieur Colt...

Il va me rendre folle. Je n'ai pas le choix de me plier à sa demande et de lui envoyer une nouvelle version de mon article. Sinon je n'aurai pas droit à la dinde de ma mère comme souper de Noël.

Une petite guerre s'est installée entre M. Colt et moi depuis un bon moment. Il me tient pour acquise et je ne le supporte plus.

— Allez, au boulot!

— Lily, tu parles toute seule? Tu m'inquiètes, lance Rosie de l'autre bout de l'appartement.

— Rosie, descends du frigo, ta camisole est sur la sécheuse.

— Oh, merci!

L'eau bout. J'hésite pendant de longues minutes avant d'arrêter mon choix sur la camomille, vieille de plusieurs années. Je l'avais achetée en arrivant ici, en me disant: «Nouvelle vie, nouvelles habitudes.» La boîte a vite fait de se retrouver au fond du garde-manger. En tenue décontractée, tasse à la main, je m'assois devant mon ordinateur. Je ne risque pas le congédiement si je ne remets pas mon texte dans la prochaine heure, mais je ne saurais tolérer un autre appel de M. Colt. Ma patience a des limites.

Pendant vingt minutes, j'écris sans m'arrêter. Sans même me relire. Je change la typographie et j'accentue les bordures pour faire en sorte que le visuel soit plus attrayant pour le lecteur. Je ne devrais pas m'occuper de tout cela. Ce sont nos graphistes qui effectuent d'ordinaire le travail de mise en pages. Mais j'ai voulu faire mes preuves et en offrir plus que le client en demandait au moment de l'embauche. J'en paie le prix aujourd'hui.

Avec une heure de retard assumée et un sentiment de liberté soudain, j'envoie mon courriel. La petite vilaine en moi espère que M. Colt le recevra comme un coup de pelle en plein visage.

D'ici, je l'entends soupirer et se dire : « Il était temps. »

Puis, je me mets à rêver. Si je gagnais le gros lot du Powerball demain matin, quelle est la première chose que je voudrais voir changer dans ma vie ? L'argent ne fait pas le bonheur, c'est évident. Mais, je ne me suis jamais vraiment demandé ce qui me rendait profondément heureuse. Moi, Lisa Walter.

Sans surprise, je constate que M. Colt est la première personne que je voudrais voir disparaître de mon champ de vision. Et je n'ai pas besoin de gagner le million pour ça. Il faut croire qu'il est nocif pour ma santé mentale, cet homme. Peut-être bien qu'un changement s'impose.

2

On pourrait entendre voler une mouche. Le silence en ce lieu est loin d'être rassurant. Quand les enfants ne font plus de bruit, c'est signe qu'un mauvais coup se prépare. J'entends le Dr Edward chuchoter avec un autre médecin dans la pièce d'à côté. Je l'entrevois, avec mon dossier en main. Avec ses grands gestes, on dirait qu'il s'apprête à m'annoncer la fin du monde.

Plus précisément, la fin de mon monde…

J'ai ce pressentiment que quelque chose ne va pas et je me trompe rarement. C'est affolant.

L'insonorisation n'est pas tout à fait au point. J'entends les enrhumés se nettoyer les poumons dans la salle d'attente. L'hiver qui commence à peine a déjà fait ses ravages. Au moins, leur toux profonde amenuise le son de vibration de ce téléphone qui se déplace sur le bureau devant moi depuis dix minutes. C'est sa femme. Je le vois sur l'afficheur. Ses appels compulsifs me disent qu'elle doit être mécontente. J'ai envie de répondre pour faire cesser ce vacarme.

Sur la pointe des pieds, mon médecin prend place derrière son bureau. Toujours en silence, il me salue d'un signe de la tête, avant de récupérer son téléphone et de le glisser au fond de sa poche en s'excusant. Le fait qu'il n'ait même pas regardé de qui provenaient les appels me fait comprendre que ce n'est pas la première fois que « baby » essaie de joindre son gentil docteur aujourd'hui.

— Docteur Edward, avant que vous ne disiez quoi que ce soit, est-ce que je pourrais avoir un verre d'eau et de l'aspirine, s'il vous plaît ?

— Toujours vos maux de tête ?

— Oui. Ils sont de plus en plus fréquents et insupportables.

— C'est justement pour cela que je tenais à vous voir rapidement.

— C'est grave, n'est-ce pas ?

Il baisse la tête en signe d'approbation avant de poursuivre :

— Une tumeur cérébrale.

Ces trois mots me frappent de plein fouet. C'est comme si je me sentais mourir depuis un petit moment. Sans comprendre vraiment, je l'écoute parler de pronostic, de médication palliative, en utilisant ces termes qu'il semble maîtriser à la perfection, mais dont le sens m'échappe. Tumeur cérébrale. C'est tout ce que je retiens.

— Malheureusement, en raison de sa grosseur et de sa localisation, elle est inopérable. Dans certains cas, des miracles se produisent. Mais je ne peux vous cacher que les traitements qu'on peut mettre à votre disposition ne sont là que pour prolonger de quelques mois votre vie et améliorer la qualité de celle-ci. Je suis désolé…

Il est désolé ? Comment peut-on seulement être désolé d'apprendre à quelqu'un qu'il ne verra probablement pas sa trentaine ? On croirait qu'il vient de me dire qu'il a égratigné le pare-chocs de ma voiture dans le stationnement.

Je baisse la tête à mon tour. Les deux mains dans le visage pendant de longues minutes, je m'imagine devoir annoncer la nouvelle à ma famille pendant le repas du réveillon.

« Joyeux Noël tout le monde ! En passant… avant que je l'oublie… je vais mourir ! »

Je relève la tête un instant et je jette un coup d'œil à mon portable. J'y avais noté quelques questions que je voulais absolument poser au Dr Edward.

Elles me semblent futiles et sans intérêt maintenant. Une seule me brûle les lèvres :

— Combien de temps ?

Le silence est de plus en plus lourd. Je jette un coup d'œil à l'horloge. L'aiguille des secondes semble aller de plus en plus vite depuis que je sais qu'elles sont comptées.

— Docteur Edward, je vous en prie. Combien de temps ?

— Ce n'est pas moi le grand patron.

— Vous devez bien avoir une petite idée, non ?

— Avec un peu de chance, une année. Encore une fois, je suis désolé, mademoiselle Walter.

Une année...

C'est trois cent soixante-cinq jours, douze mois... et seulement quatre saisons. Seulement quatre... Sans un mot, je me lève et replace la chaise devant l'immense bureau pour le prochain patient qui aura sans doute un meilleur diagnostic que le mien.

— Avez-vous des questions ? Votre réaction m'inquiète un peu. Vous devriez vous rasseoir.

— Comment devrais-je réagir, docteur Edward ?

— Vous devriez rentrer vous reposer, mademoiselle Walter. Voici une prescription pour des cachets. Ils devraient aider à diminuer la douleur. Demandez à Marjolaine à la réception de vous appeler un taxi. Si je peux faire quelque chose pour vous, n'hésitez pas à me téléphoner. Tenez ! Je vous laisse mon numéro de portable.

— Justement, vous devriez rappeler votre femme...

Je me retourne, incapable d'ajouter quoi que ce soit.

— Joyeux Noël tout de même, mademoiselle Walter. Et bonne année.

Il aurait dû dire : « Bonne dernière année. » Je lui en veux un moment. J'en veux à la terre entière. Pourquoi moi ? Pourquoi maintenant ? J'ai eu vingt-neuf ans hier et aujourd'hui on m'annonce que je n'atteindrai pas trente ans.

Je me dirige tout droit vers la sortie. J'ai besoin de prendre un peu d'air. Je m'assois sur le petit banc qui se trouve juste à droite de la porte. C'est le seul qui est à l'abri des flocons qui massacrent les parois affectées de mon crâne. Les autres sont tous embourbés sous une imposante couche de neige. Seule, perdue dans une tête dysfonctionnelle, je réfléchis à ce que je vais faire. J'ai envie de boire, de fumer, d'embrasser cet inconnu qui vient de sortir de la clinique.

Moi qui voulais gagner le million pour faire du ménage dans ma vie... Je viens de remporter le gros lot !

Sans regarder l'appelant, j'attrape mon téléphone qui vibre dans ma poche. Je réponds machinalement :

— Lisa Walter !

— Ce n'est pas trop tôt, mademoiselle Walter. Je vous ai appelée une bonne dizaine de fois.

— Treize, très exactement. C'est un chiffre malchanceux, monsieur Colt.

— La raison de mon appel est simple et urgente. Un de nos commanditaires a demandé à faire partie du cahier spécial, il faudrait vite pondre un article sur son entreprise. Nous n'avons plus beaucoup de temps.

— Moi non plus, je n'ai plus beaucoup de temps, monsieur Colt.

— Il me le faut avant midi, un point c'est tout.

— Je prends l'avion demain matin, un point c'est tout ! Écrivez-le vous-même, votre article. Je démissionne ! Et je ne partirai pas sans vous dire que vous êtes l'être le plus ignoble que je connaisse. Joyeux Noël à vos deux chats !

En raccrochant, j'ai le sentiment qu'on a retiré une épine de ma colonne vertébrale. J'ai agi sur un coup de tête, certes. Mais que c'est satisfaisant ! Puisque je n'ai plus qu'une année à vivre, je ne vais pas la passer sous un régime de terreur. Le grand ménage est commencé.

J'inspire un grand coup. C'est comme si je venais d'enlever mes talons hauts après une journée entière à essayer de me tenir en équilibre sur deux aiguilles.

J'en ai assez ! On n'a qu'une vie à vivre après tout, aussi courte soit-elle…

3

L'escalier qui mène à la porte de mon appartement semble sans fin. Je le franchis sans m'arrêter. Comme si mon corps vaillant s'imposait une mission, un combat.

Ma tête me fait souffrir. Encore plus…

Il y a quelques jours, j'aurais cru à une migraine. Loin d'être soulagée, je connais maintenant la vérité sur la cause de ce mal. À travers la fenêtre embuée de notre minuscule salon, j'aperçois Rosie, confortablement installée devant la télévision. En temps normal, cela m'exaspère. Aujourd'hui, cela me donne le goût de sourire. Mon cœur bat de plus en plus vite. J'espère qu'elle aura oublié que j'avais rendez-vous avec mon médecin. Je déteste mentir, mais je n'aurai pas le choix. Je ne changerai pas d'idée. Il est hors de question que je bousille ses vacances de Noël. En levant les yeux au ciel, j'emmagasine tout ce que j'aurai besoin d'air pour filer directement à ma chambre, sans faire de bruit, sans même respirer. Les doux flocons qui se déposent tranquillement sur mon front viennent abaisser la température de mon crâne bouillant. Les coups de canon fusent de toutes parts, mais je ne capitulerai pas.

Je me faufile dans l'appartement.

Me croyant victorieuse, je franchis la porte de ma chambre à coucher.

— Lily ? C'est toi ?

— Oui…

— Comment s'est passé ton rendez-vous chez le médecin ?

Moi qui croyais que la terre ne tournait qu'autour d'elle, j'étais convaincue qu'elle aurait tout oublié. Mais elle s'inquiète pour moi.

Je détourne l'attention :

— Tu fais quoi ce soir ?

— Je pensais terminer tout ce qu'il reste de crème glacée, en boule dans un fauteuil, en pleurant devant les films de Noël qui jouent à la télévision. Pourquoi ?

— Pas ce soir, Rosie. Ce soir, c'est la fête ! Il faut bien célébrer Noël ensemble avant mon départ pour l'Iowa, non ?

Elle se lève d'un bond, les deux pieds sur le fauteuil en cuir, encore marqué de l'empreinte de son derrière.

— Là, je te reconnais, Lily !

En appuyant ma tête contre le mur du sombre corridor, je la regarde gambader candidement et bifurquer vers la salle de bain. Je l'entends siffloter et ouvrir la douche, qui coulera une bonne demi-heure avant qu'elle y entre. J'en ai pour au moins deux heures avant qu'elle ressorte du sauna qu'elle aura créé.

Je viens de lui cacher la vérité, comme ça, volontairement. Elle m'en voudra jusqu'à ma mort, ce qui ne risque plus d'être bien long.

Depuis que j'ai quitté le cabinet du médecin, je ne peux m'empêcher de penser à cette mort. Je ne cesse de me dire que je dois m'y faire. Que chaque fois que je ferai quelque chose dans l'année à venir, je devrai le vivre intensément. Comme si c'était le dernier film devant lequel je viderai toutes les larmes de mon corps en m'empiffrant de pop-corn au cinéma. La dernière fois que je verrai le soleil descendre sur New York avant que ses millions de lumières s'allument. La dernière fois que je pourrai me laisser aller sur une piste de danse avec ma Rosie, qui me manquera terriblement. Je me dis aussi que demain pourrait être la dernière fois que je me retrouverai au-dessus des nuages, à bord d'un avion. La dernière fois… avant de m'y installer pour de bon !

Cet appartement me manquera, aussi. En reniflant, je me rends jusqu'à mon lit, en glissant mes doigts le long du mur. J'hésite un instant et je décide de ne pas m'y coucher. En asséchant mes yeux, je me retourne d'un geste brusque et me rends jusqu'à ma garde-robe. Je compte bien m'amuser ce soir. Mes maux de tête ne cesseront pas, même si je reste ici à m'apitoyer sur mon sort. J'ouvre les deux grandes portes pour constater que je possède beaucoup plus de tenues professionnelles que de tenues de soirée. Je réussis tout de même à dénicher une charmante petite robe rouge, entre les tailleurs et les chemisiers.

Je la lance sur mon lit et continue à fouiller le coffre au trésor, en me contrefichant du bordel que je suis en train de créer dans ma petite vie rangée. Cela me fait le plus grand bien. J'en ressors ma plus jolie paire de souliers. Ils sont inconfortables, mais je m'en balance.

Je verse tout le contenu du coffre à bijoux de ma grand-mère sur mon lit, afin de choisir les plus belles boucles d'oreilles. On sort en grand, ce soir !

Rosie termine sa douche, une heure plus tôt que prévu. Elle a sans doute hâte de se retrouver sur la piste de danse.

Elle se pointe dans l'embrasure de ma porte, une serviette autour de la taille et une autre autour de la tête.

— Lily…

Elle interrompt sa phrase en m'apercevant.

Je me tourne tranquillement vers elle…

— Tu… es… tout simplement magnifique, dit-elle en admirant la robe rouge que j'ai enfilée.

— Tu trouves ? Je ne faisais que l'essayer pour voir si elle m'allait encore.

— Tu es époustouflante !

Comme deux adolescentes, on examine mes bijoux et mes chaussures. Évidemment, ma garde-robe est mieux garnie que celle de Rosie. Les boucles d'oreilles qu'elle tient dans ses mains valent deux mois de loyer.

— Elles sont superbes !

— Elles t'iront à merveille.

— Quoi ? Je ne peux pas porter ça, Lily…

— Je te les offre. C'est Noël après tout !

— Tu es folle ?

— Ce n'est pas tout. Ce soir, nous allons au Four Seasons. Nos noms sont déjà sur la liste.

— Lily, le Four Seasons, c'est au-dessus de mes moyens !

— Je t'invite. Une amie comme toi, ça n'a pas de prix, Rosie. Tu as toujours été là pour moi. Ce n'est rien, comparativement à ce que tu m'apportes, je t'assure.

Elle rougit et baisse les yeux. Comme une enfant qui a une faveur à demander.

Elle se lance :

— Est-ce que je peux inviter Mark ?

— Oui, Rosie…

Toujours vêtue d'une serviette de bain, elle bondit sur mon lit et sort de la chambre avec, en main, les boucles d'oreilles en diamant que je viens de lui offrir. Avec un peu de chance, elle ne les perdra pas avant que nous sautions dans un taxi, en direction du chic Four Seasons.

4

Je ne pensais jamais que ce serait aussi difficile de descendre l'escalier avec de petits souliers à talons trop hauts. En attente devant l'appartement, le chauffeur de taxi nous regarde progresser maladroitement, exaspéré.

Pendant ce temps, Rosie et moi sommes mortes de rire, les deux pieds enlisés dans la neige. Les verres de vodka que nous nous sommes enfilés en nous préparant se font bien sentir. Il fallait que cela arrive au beau milieu de l'interminable descente aux enfers de notre appartement.

— Te souviens-tu de la balançoire derrière chez toi, Lily? On pouvait se balancer pendant des heures en discutant des garçons. Et la demande en mariage qu'on a faite par écrit à Jason, toutes les deux en même temps. On voulait savoir laquelle de nous deux il aimait vraiment.

— Comment l'oublier... Je n'aurais jamais cru qu'il allait finir avec Patrick, non plus. On ne l'avait pas vue venir, celle-là. Dis donc, est-ce que ça te dérange si on termine la conversation dans le taxi?

On rit encore plus.

— Le Four Seasons, s'il vous plaît, dis-je en essayant de reprendre mon souffle.

Le trajet se fait sans même qu'on s'en aperçoive. À destination, le chauffeur nous ouvre la portière. L'air est glacial. Je replace ma robe, qui ne couvre pas plus du quart de mes jambes grelottantes. Heureusement que nous pouvons éviter la file d'attente qui se rend presque à la rue transversale. Dans la queue réservée aux invités, un bel homme attend sans doute que le portier retrouve son nom sur la liste. Il retarde le groupe.

Sans hésitation, je m'élance vers lui, l'air enjoué, et je l'embrasse. Sur la bouche !

— Joyeux Noël, mon amour, dis-je d'un ton convaincant. Excuse-nous pour le retard !

Rosie ne comprend plus rien. Elle semble aussi surprise que l'inconnu, qui décide de jouer le jeu, à son tour.

Je me retourne vers le portier et entame les présentations :

— Lisa Walter. Mon nom est sur la liste et…

Je désigne l'homme.

— Derek.

— Bien sûr, je sais ! Derek ! Il est avec nous.

Le costaud nous regarde, perplexe, et se dit finalement qu'il n'a pas le temps pour les enquêtes ce soir. Il décroche le câble qui nous retenait prisonniers. Rosie me prend par le bras et on file tout droit à l'intérieur.

L'endroit est bondé. On se marche sur les pieds. Là où on peut respirer un peu, c'est en face d'un haut-parleur qui risque de nous perforer les tympans. Rien pour aider mes maux de tête, que j'ai décidé d'ignorer pour le reste de la soirée.

Il hurle :

— Merci, mademoiselle Walter.

— Vous connaissez mon nom ?

— Vous l'avez donné au méchant costaud qui surveille la porte !

Ses yeux sont plus bleus que l'océan. Ses cheveux épais et enneigés me donnent envie d'y glisser mes doigts.

On se sourit. Puis, je le regarde s'éloigner pour essayer de retrouver ses amis, qui doivent être en train de s'enfiler une bonne bouteille de tequila.

Je ne sais pas pourquoi, je voudrais le retenir.

— Ce garçon te plaît, Lily !

— Ne dis pas n'importe quoi. Je ne me souviens même plus de son nom.

Elle n'a pas tort. Si je m'écoutais, j'enlèverais mes talons hauts et je courrais vers lui, comme dans un film de série B.

Soudainement, je m'imagine sur mon lit d'hôpital, à deux doigts de la mort... C'est assez pour le laisser partir sans faire de vagues. Qui voudrait entamer une relation avec une fille qui vient d'apprendre qu'elle ne verra pas ses trente ans ? La voix stridente de Rosie parvient à percer le volume exagéré de la musique et me sort de mon antre pour me ramener sur terre.

— Tu as vu sa façon de te regarder ? Il est tombé amoureux de toi au moment où tu l'as embrassé.

— Rosie, j'ai fait ça pour qu'il puisse entrer avant de souffrir d'hypothermie.

— Alors, pourquoi est-ce que tu le cherches du regard depuis qu'il est parti ?

Je fais semblant de ne rien entendre. Si elle savait que la dernière chose dont j'ai besoin en ce moment, c'est l'amour… La musique résonne en moi, comme si je me trouvais dans le clocher d'une église lorsqu'on sonne l'angélus. Je devrais m'écrouler. Au contraire, j'ai envie de danser toute la nuit. J'ai envie de commencer à profiter de ma vie. Du moins, ce qu'il en reste. J'ai envie d'inverser le compte à rebours. Ne serait-ce que pour une soirée.

— Tu viens danser ?

Ce n'est pas vraiment une question, comme le constate Rosie, que je traîne par le bras sur la piste de danse. On traverse le plancher souillé par l'alcool renversé et on se faufile tout droit vers le bar. Je me répète la même chose sans cesse : ne pas trop abuser de l'alcool, au risque de tout déballer à Rosie. Je ne veux surtout pas gâcher cette soirée.

— Deux verres de champagne, s'il vous plaît !

— Wow, Lily. Rien de trop beau pour la classe ménagère !

— On dit « ouvrière », Rosie… Puis, on mérite ce qu'il y a de mieux, n'est-ce pas ?

— On lève nos verres à la plus grande journaliste de New York !

— Je préfère boire à l'amitié ce soir, si tu le veux bien.

Je regarde le serveur et lui tends ma carte de crédit.

— M. Derek vous offre la bouteille, madame.

Rosie me regarde, l'air de dire : « Qu'est-ce que je t'avais dit ! »

— Vous remercierez M. Derek pour moi, alors !

Jamais je n'aurais cru que c'est le serveur qui me rappellerait son nom.

Je regarde Rosie.

— À nous deux !

Nous cognons nos verres, et une foule de souvenirs me reviennent. Les images se succèdent dans ma tête au rythme des bulles qui montent avec effervescence dans ma coupe. Pourquoi faut-il que cela arrive maintenant ? On vient à peine d'arriver. Je n'ai même pas fait mes premiers pas sur la piste de danse.

Je nous revois, elle et moi, au bord du ruisseau se trouvant au bout de l'immense prairie du ranch où j'ai grandi. Mon père nous surveillait, de loin. Pendant qu'il s'affairait à redresser la vieille clôture que l'hiver avait abîmée, nous taquinions les poissons avec les cannes à pêche que nous avions fabriquées nous-mêmes, dans l'atelier de maman. En riant comme des folles, on essayait de faire des ricochets avec des cailloux. Je réussissais toujours là où Rosie échouait, ce qui la rendait verte de jalousie.

Elle me répète sans cesse à quel point je suis chanceuse. Que tout ce que je touche se transforme en or. C'est moi qui l'envie aujourd'hui. Cet or dont elle parle, je ne l'emporterai pas dans ma tombe.

Je la regarde danser comme s'il n'y avait plus de lendemain. Pourtant, pour elle, il y en aura un. Tandis que pour moi, tout est incertain. Je pourrais m'écrouler ici, maintenant. Au beau milieu de la piste de danse du Four Seasons, sous le regard affolé des quelques centaines de personnes qui y sont venues pour célébrer les vacances des fêtes.

Je nous revois, Rosie et moi, sur la vieille balançoire suspendue à l'immense arbre centenaire, dans la cour arrière de ma maison natale. Malgré son âge, il était solide et droit. Trente ans plus tard, il est encore debout. Et notre vieille balançoire y est toujours. On s'y est fait tellement de promesses. On s'est juré de rester amies pour la vie, quoi qu'il arrive. De veiller l'une sur l'autre, de toujours se dire la vérité et de vieillir ensemble. Ces dernières, je ne saurai les respecter puisque je n'aurai malheureusement pas la chance de vieillir et que je ne peux rien lui dire. Je secoue la tête pour balayer toutes ces pensées qui menacent de me faire éclater en sanglots. Ce n'est pas le moment.

— Il y a longtemps que je n'ai pas dansé comme ça, s'écrie Rosie.

— Tu es sortie le week-end dernier, non ?

— Avec toi, je veux dire. Il y a longtemps que je ne t'ai pas vue t'amuser, Lily. Je crois que tu avais besoin de vacances… Elles te feront le plus grand bien.

— Je l'espère…

Le tempo ralentit un brin, au grand bonheur des demoiselles en souliers inconfortables qui s'essoufflent sur la piste de danse depuis le début de la soirée.

— On va s'asseoir ?

— À moins de danser un *slow* toutes les deux, on est mieux d'aller s'asseoir, oui. Quoique…

Rosie jette un coup d'œil par-dessus mon épaule et me décoche un grand sourire. Je me retourne pour voir ce qui attire son attention.

— Je dois aller aux toilettes, Lily. Je vous laisse.

— Rosie !

Elle me quitte, me laissant seule avec lui.

— Mademoiselle Walter, puis-je ?

— Évidemment, Derek.

— Je croyais que tu avais oublié mon prénom.

— Pour être franche, c'est le barman qui l'a ramené sur la glace, en même temps que la bouteille de champagne que tu nous as offerte. Ce n'était pas nécessaire, tu sais !

— Je sais bien. J'en avais envie. Comme j'ai envie de t'embrasser.

— Là, tout de suite ?

Au contact de ses mains, chaudes et rassurantes, je sens mon cœur se fermer instantanément. Comme si, avant même de le connaître, je lui disais que cela ne pourra jamais marcher entre lui et moi. En tout cas, pas plus d'un an. Ça, je peux le garantir. Oubliant un instant mes préoccupations, je colle ma tête lourde au creux de son cou. D'un signe de la main, il annonce au DJ que le moment est parfait. Les premières notes de guitare me rappellent mon premier grand amour, mon premier *slow.* Nous dansons sur une des chansons que j'ai le plus écoutées de toute ma vie, *Bed of Roses,* de Bon Jovi. Comme s'il me connaissait déjà par cœur. Comme si l'endroit lui appartenait, lui qui n'aurait pourtant jamais pu entrer si je n'étais pas arrivée.

Soudain, plus personne autour n'existe. Comme s'il venait de demander au patron de vider l'endroit, le temps d'une danse, nous laissant toute la place. C'est notre moment. Notre chanson.

Ma migraine devient supportable. Le temps s'est arrêté subitement. Je voudrais connaître son secret. C'est exactement ce que je dois apprendre à faire. Figer le temps, pour que mon année me paraisse une éternité…

5

Accoudées au comptoir de la cuisine, on termine la bouteille de vodka qu'on avait ouverte avant notre grande virée. Comme si j'étais en train de lui lire une histoire, Rosie me questionne :

— Allez, raconte ! Que s'est-il passé ensuite ?

— Rien.

— Lily, je vous ai regardés danser. On aurait dit que vous étiez ensemble depuis des années et que vous vous aimiez comme au premier jour. J'en étais jalouse !

— La vie, ce n'est pas aussi facile, Rosie. Il ne suffit pas de danser avec un homme et, l'instant d'après, c'est l'amour fou ! Tu regardes trop la télévision.

Elle hausse les épaules. Je sais que, pour elle, c'est aussi simple que ça. Qu'elle vit sans trop se poser de questions. Si elle s'était trouvée à ma place ce soir, si c'était elle qui s'était enfouie dans les bras du beau Derek, nous serions probablement en train de chercher un moyen de le faire sortir de notre appartement. Ou pire, en route vers la pharmacie du coin pour acheter la pilule du lendemain, parce qu'elle aurait encore une fois omis de se protéger. C'est arrivé tellement souvent, ce genre de situations.

— Et toi, ton beau massothérapeute n'était pas censé se joindre à nous ?

— Mark ?

— Oui, Mark !

— On est, comment dire... incompatibles, finalement.

— Comment ça ?

— Disons qu'il aurait, lui aussi, préféré le beau Derek... Mon grand-père disait : « A beau mentir qui vient à point. »

— Qui vient de loin, Rosie...

On se regarde, puis on éclate de rire. Elle qui passe son temps à me dire qu'elle possède un radar pour détecter ce genre de choses.

— Toujours autant de flair, Rosie !

— Tu pars quand ?

— Je prends l'avion demain matin ! En fait, dans quelques heures à peine.

D'une main, elle attrape son bol de céréales, et de l'autre, son verre de vodka. D'un coup de pied, elle repousse la montagne de revues qui l'empêche de s'asseoir sur notre sofa. Puis, elle se laisse tomber lourdement au creux de celui-ci. Ses yeux parlent d'eux-mêmes. Ils disent : « Je n'ai pas l'argent pour le billet d'avion, mais j'aimerais tellement partir avec toi. »

— Tu vas me manquer !

Encore une fois, je mens. En détournant le regard, je lui réponds :

— Je serai de retour très rapidement, Rosie. Tu n'auras même pas le temps de remarquer mon absence. Puis, ça va te faire du bien d'être toute seule ici. Tu pourras te lever à l'heure que tu veux. Tu pourras écouter autant de films et de séries que tu le désires. De toute façon, tu ne seras seule qu'un petit moment puisque tes parents arrivent dans deux jours. Ça te fera des petites vacances de moi.

Je parle toute seule. Rosie s'est endormie. J'en profite pour filer en douce vers ma chambre. Je me dirige vers mon bureau, qui prend plus de place que mon lit dans la pièce. Peut-être que mon travail a toujours pris trop de place dans ma vie, finalement. J'ai préféré dormir dans un lit simple, seule pendant toutes ces années, dans le but d'avoir plus d'espace de travail.

J'ouvre le lourd tiroir central de mon bureau, espérant y trouver deux feuilles de papier encore vierges. Elles se font rares. Je choisis mon stylo, celui avec lequel j'écris le mieux. Je m'installe confortablement sur mon lit, avec un gros coussin de lecture. J'attrape une revue. Je la feuillette rapidement, pour la cinquantième fois. Je la dépose sur mon coussin en guise de surface de travail. Puis, j'écris.

L'heure est au bilan. Je regarde derrière puisque devant, c'est vide. Je souris de fierté par moments.

Puis, je pleure. Je revois mes débuts de journaliste. Je passais des nuits entières devant la télé afin de ne rien manquer de l'actualité.

Je repense à tous les sacrifices que j'ai faits pour être là où je suis aujourd'hui. Est-ce qu'ils en valaient la peine ? Si c'était à recommencer, est-ce que je ferais les mêmes choix ? J'en viens à la conclusion que oui. De toute façon, qui aurait pu savoir que la vie allait décider d'écourter mon passage sur terre ?

Après avoir fait le tour de tout ce que j'ai accompli jusqu'à présent, il ne me reste qu'un petit espace au bas de ma feuille. Je m'arrête un instant, puis j'y griffonne d'une main tremblante :

Ce qu'il me reste à faire :
Lisa Walter, 23 décembre 2016.

J'attrape la seconde feuille, que je m'apprête à noircir d'encre. J'ai tellement de choses à lui dire. Sans trop penser, j'écris. Comme si je devais remettre un article pour hier... Je prends ensuite une enveloppe, dans laquelle je glisse les deux lettres. Je cherche ce que je pourrais bien écrire sur celle-ci.

Je n'ai que les mots « Dernières volontés de Lisa Walter » en tête.

J'hésite, puis je choisis d'y inscrire : « Bilan annuel et projections pour la prochaine année. » Si quelqu'un la trouvait, ce serait moins intéressant d'y jeter un œil sans mon consentement.

Je cache l'enveloppe dans mon bagage à main, sous le double fond. Personne ne doit y avoir accès. Sinon, mon secret serait dévoilé au grand jour.

Journal de Lisa Walter
Confidentiel

La première journée de ma dernière année vient de se terminer. Vingt-quatre petites heures qui ont filé en douce, sans turbulence. Je ne les ai pas vues passer et ça me fait terriblement peur.

À cette vitesse, je vais me retrouver au fond d'un cercueil sans que j'aie eu le temps d'accomplir quoi que ce soit ou que j'aie pu mettre de l'ordre dans cette vie que je croyais rangée.

Qu'est-ce que ça signifie, une vie rangée?

Quand je regarde autour de moi, tout est en ordre. Pas le moindre morceau de vêtement qui traîne par terre. Pas la moindre facture impayée au fond d'un tiroir. Pas le moindre objet de travers sur un de mes bureaux. Tout est droit, tout est classé.

Par mois, par année, par département...

Le seul endroit où il y a un bordel infini en ce moment, c'est dans ma tête. Toutes mes idées se bousculent, elles essaient de s'entre-tuer. Fini les classements par code de couleurs. Maintenant, elles sont toutes sombres, mes idées. Même noires.

Je ne m'étais pas préparée à l'éventualité de devoir quitter cette terre aussi rapidement.

J'ai foulé le sol de cette planète pendant trente ans. J'aurais voulu partir en laissant ma trace. Une trace indélébile et bienfaisante.

Voilà que les seules choses qui me survivront, ce sont ces couvertures de journaux qui m'auront rapporté de quoi gagner ma vie.

J'aurais voulu aider les autres et réaliser de grandes choses.

Le problème, c'est que je ne sais pas ce que je dois réaliser. Qu'est-ce que je suis censée faire? Est-ce qu'il y a quelque chose à comprendre dans tout cela? Pourquoi, moi, je vais mourir?

Je me demande encore ce que j'aurais préféré: connaître le moment de mon départ ou n'en avoir aucune idée? J'ai l'impression que ce n'est pas sain de savoir que je vais partir d'ici douze mois. J'ai peur de ne plus être moi. De devenir quelqu'un d'autre. C'est difficile de sourire et d'être heureuse quand tu sais que ce n'est que pour un temps limité. Je me sens comme un article en promotion dans un grand magasin.

Notre vie nous est prêtée. Nous devrons tous la rendre un jour. Impossible de nous enfuir avec elle. De changer de pays, en la gardant en otage. On viendra nous la reprendre où que nous soyons.

Alors, pourquoi ne pas la foutre en l'air? Pourquoi ne pas la saboter juste avant de la retourner? Pourquoi ne pas la rendre moins intéressante en espérant qu'on nous la laisse?

Le changement s'effectue. Ce n'est pas moi, ça. Ce n'est pas Lisa Walter.

Ça fait à peine quelques heures que j'ai reçu le diagnostic, et déjà j'ai bousillé la carrière que j'ai mis près de dix ans à construire, j'ai menti à Rosie alors que l'on s'était juré de ne rien se cacher.

Mais c'est au-delà de mes forces…

Ce matin, le Dr Edward m'a arraché ce qu'il me restait d'énergie, de volonté de vivre et de me surpasser.

Est-ce que je vais passer une année entière comme ça? À ne pas trop savoir quoi faire ou quoi dire aux gens qui m'entourent de peur de les blesser?

Je vais mourir… À trente ans… C'est la seule certitude que j'ai en ce moment…

LW

6

Le réveil sonne comme prévu deux heures avant l'arrivée du taxi qui m'emmènera à l'aéroport ce matin. J'aurais pu être debout depuis quelques heures. Je n'ai pas fermé l'œil de la nuit. Malgré mon incapacité à réfléchir convenablement, j'ai choisi de partir pour de bon. Ce qui me tracasse le plus, c'est ce que je vais faire croire à Rosie pour qu'elle ne se doute de rien. J'ai trop de choses en tête.

J'avais pourtant pris la peine d'établir une liste des tâches à accomplir avant mon départ. Cependant, mes priorités ne sont plus les mêmes maintenant. Je n'aurai pas besoin de mon billet de retour. Ce sera un aller simple vers ce qu'il me reste de vie.

Je me lève difficilement, la douleur et l'alcool de la veille n'aidant pas. Je tire sur la petite corde de ma lampe de chevet. La lumière agresse mon œil habitué à la noirceur. Je fais mon lit immédiatement. Ma main flâne sur les draps. J'ai du mal à croire que je viens de passer ma dernière nuit dans cette chambre, à New York. Je jette un coup d'œil rapide à ma liste avant de me diriger vers la salle de bain.

- *Arroser les plantes.*
- *Donner de l'argent à Rosie pour le loyer du 1er janvier.*
- *Vérifier une dernière fois mes bagages pour être sûre que je n'ai rien oublié.*

J'attrape mon peignoir, je me retourne et sursaute en apercevant Rosie sur le pas de la porte.

— Tu m'as fait peur. Qu'est-ce que tu fais debout à cette heure-là ?

— Tu ne croyais tout de même pas que j'allais te laisser partir sans venir te saluer.

J'avance vers Rosie, qui semble émue. Elle me prend dans ses bras.

— Je te jure que, si tu pleures, je ne m'en remettrai pas.

— Tu me jures de m'appeler chaque jour ?

— Promis... Allez ! Retourne te coucher, Rosie.

Elle obéit sans se faire prier. Je la suis de quelques pas pour me diriger jusqu'à la salle de bain. J'emplis la baignoire et m'attarde quelques secondes devant le miroir. Je ne me reconnais pas. Une étrangère me dévisage. J'abandonne tout. Je laisse tout derrière moi. Cela ne me ressemble pas. Je disparais dans la buée qui se forme tranquillement, à cause de la chaleur de l'eau, qui est sur le point de déborder. Je ferme le robinet, jette mon peignoir sur le sol et glisse un pied dans la baignoire, puis le second. Enfin, j'immerge tout mon corps. Un sentiment de bien-être m'envahit. Je sais qu'il ne me reste plus beaucoup de temps, mais je profite de cet instant de grâce. Je m'endors… Jusqu'à ce que l'eau refroidie me réveille. Je regarde mon téléphone déposé juste à côté de moi, sur ma serviette laissée sur la cuvette des toilettes. Il est 7 h 10. Le chauffeur de taxi sera là dans moins d'une demi-heure.

Je m'habille en vitesse et me rends à la cuisine. Au diable la migraine, je me prends un bon café ce matin. J'en aurai besoin. Le soleil s'est levé. La ville s'active de plus en plus. Je ne veux pas partir au fond. Les yeux rivés vers l'extérieur, je sens une larme glisser sur ma joue. Dans quelques heures, je serai dans l'avion qui me ramènera vers ma famille. Je devrais m'en réjouir ! Je devrais…

Pourtant, j'ai l'impression de foncer vers l'inconnu. De laisser tomber tout ce que j'ai mis des années à bâtir. D'abandonner Rosie, elle qui ne peut pas vivre toute seule ici. S'il existe une solution, elle m'est encore inconnue.

Le taxi se gare juste devant chez moi, au pied de l'escalier. J'essuie mes larmes et dépose une enveloppe contenant l'argent du loyer de janvier sur le comptoir. Pour que Rosie ne se doute de rien, j'en cache une autre sur le frigo. Celle-ci en contient assez pour qu'elle puisse survivre quelques mois. De cette façon, je me sentirai un peu moins coupable. Elle pourra s'organiser, le temps de décider du sort de cet appartement, auquel je fais mes adieux avant de ramasser mes bagages et de sortir, sans faire de bruit.

7

— Où allez-vous, mademoiselle ?

Je réponds sans trop penser :

— Je ne sais pas trop encore…

— J'aurais besoin d'une adresse, si vous voulez que je vous y conduise.

— Pardonnez-moi. J'étais dans la lune. L'aéroport John-F.-Kennedy, s'il vous plaît !

Les rues défilent devant mes yeux, qui essaient de tout voir en même temps. Je m'imprègne de chaque coin de rue, de chaque flocon qui tombe du ciel, de chaque lumière de Noël accrochée aux lampadaires. On passe devant l'immense sapin qui se dresse au beau milieu du Rockefeller Center. Il a fière allure, encore cette année. Cela m'émerveille autant que la première fois que je l'ai aperçu. Des enfants patinent pendant que leurs parents, emmitouflés dans des couvertures de laine, les surveillent en ingérant une bonne dose de caféine. Des gens, un peu plus stressés, attendent à l'entrée des boutiques qui devraient ouvrir leurs portes d'ici peu. Ils viennent de réaliser qu'ils n'ont pas encore eu le temps d'acheter leurs présents et que demain ce sera la veille de Noël. Cette ville est une jungle, je sais. Mais une jungle magique. La féerie est bien installée. Elle me donne soudainement envie de me retrouver dans le grand salon, devant l'imposant sapin que mon père aura coupé de ses mains et que ma mère aura si bien décoré. Des souvenirs me reviennent. Même l'odeur.

— Nous y sommes, madame !

Je tends ma carte de crédit, machinalement.

Je marche sur la passerelle qui mène aux départs. Des familles se retrouvent, d'autres se disent au revoir d'un signe de la main. Ils n'auront pas la chance d'être ensemble pour Noël. Je me sens seule au beau milieu de l'aéroport. Je profite quand même de ce moment puisque, à mon arrivée à Dawson, mon village natal, j'aurai droit au comité d'accueil. Ma mère est tellement énervée par la visite de son enfant chérie. Je crois qu'elle est encore sous le choc depuis que je lui ai annoncé que j'allais être de retour pour les fêtes. Si elle savait que je risque d'y rester jusqu'à la fin de mes jours…

J'enregistre ma valise et je passe la sécurité sans trop de problèmes. Seulement un pot de crème oublié au fond de mon sac à main. Rapidement, je traverse la boutique hors taxes et sa fameuse parfumerie. Les odeurs me montent à la tête. J'ai encore une heure devant moi avant l'embarquement. J'achète le journal, question de faire le plein de mauvaises nouvelles pendant le petit-déjeuner. J'ai tout ce qu'il faut pour passer une bonne journée.

— Deux rôties et un jus de pamplemousse, s'il vous plaît.

— Pain blanc ou pain brun ?

— Blanc.

— Ce ne sera pas très long.

Journal de Lisa Walter
Confidentiel

Je me dis que ce sera trop long, malheureusement, puisque je n'ai plus beaucoup de temps. Je suis à l'aéroport. Je devrais me réjouir. Je retourne enfin chez moi pour Noël. Depuis le temps que j'en rêve. Depuis le temps que je les voulais, mes vacances. Aujourd'hui, je les ai. Je vais revoir mes parents, que j'aime plus que tout et qui me manquent énormément.

Mais il y a une ombre au tableau. Un gros nuage noir. Le simple fait d'attendre après deux tranches de pain me rend impatiente. J'ai l'impression de perdre mon temps. Si j'avais su, je me serais contentée d'une boisson faite de concentré.

Le bruit de la centrifugeuse me rend folle. Pendant que la serveuse s'éreinte à presser mes pamplemousses pour me servir la fraîcheur, moi je rancis, je fane.

Je ne la connais même pas, mais je la déteste, cette serveuse. Parce qu'elle est vieille, elle. Comment a-t-elle obtenu ce privilège? Qu'est-ce qu'elle a fait de plus que moi? Je la regarde, accoudée au comptoir, à discuter avec ses clients. Elle se fiche bien des quelques minutes que prendra mon pain pour dorer. Elle semble avoir la vie devant elle, même si sa peau est ridée et flasque.

Pourquoi ne serait-ce pas elle, plutôt que moi? Pourquoi ça ne fonctionne pas par ancienneté?

Je n'ai plus d'appétit. Je sais que je dois me nourrir. Mais je n'en ai pas envie. Je vais mourir, de toute façon. Dans une année, si je récupère le temps que l'on perd autour d'une table à savourer un bon repas, je vais bien me racheter quelques jours supplémentaires...

J'en ai assez. Plus de temps à perdre. Avant même que j'aie reçu mon assiette, je me lève et me rends au comptoir pour payer mon addition pendant que la file n'est pas trop longue.

Évidemment, devant moi, une amie de la serveuse discute de sa vie personnelle. Elle s'informe:

— Encore au travail ce matin, Maureen?

— Tu sais bien. C'est ce qui me garde en vie. Mes clients et cet aéroport.

— Parlant de ça, comment vont tes traitements?

— Rien de concluant pour le moment. Mais je suis encore debout, c'est ce qui compte!

Sans dire un mot, je laisse un billet de vingt dollars sur le comptoir et je m'enfuis, honteuse.

Moi qui me croyais seule au monde. Seule à devoir plier bagage. Cette femme travaille encore. Elle se lève chaque matin puisqu'elle doit le faire. Sans savoir le sort qui lui est réservé.

Et moi, pendant ce temps, je la juge de ne pas pouvoir aller plus vite que la centrifugeuse.

Je vais pourrir en enfer.

LW

8

En première page, Catherine Pond prend position sur les manifestations du square. La garce. J'aurais pu me permettre moi aussi d'afficher mon avis sur le sujet. Si j'avais su que cela allait être mon dernier article, je me serais gâtée un peu. J'ai tout refait, selon les ordres de M. Colt. Dorénavant, on se souviendra de moi comme étant « Lisa Walter, une journaliste molle et sans conviction ».

Mon téléphone sonne. Je réponds sur le ton d'une journaliste en mission sur le terrain :

— Lisa Walter.

— Chérie ? C'est maman !

— Excuse-moi. Mon corps et ma tête n'ont pas encore intégré les vacances.

— Ne t'en fais pas. Je voulais simplement te dire que ton père et moi sommes arrivés à l'aéroport.

— Déjà ? Maman, je ne suis même pas encore montée à bord !

— Je sais, ne t'en fais pas. Nous allons t'attendre ici. Nous ne voulions pas être en retard. On ne sait jamais ce qu'il peut se passer sur les routes.

Chose certaine, ce n'est pas le trafic qui les aurait empêchés d'être à l'heure ! S'ils ont croisé deux voitures en se rendant à l'aéroport, c'est qu'il doit y avoir une noce ou quelque chose du genre.

— D'accord, maman. Embrasse papa pour moi. Dis-lui que je suis désolée pour l'attente. Je sais qu'il n'est pas patient.

— Ton père est à la retraite maintenant. Il a tout son temps. Depuis une semaine, il ne parle que de toi. On a vraiment hâte de te revoir, tu sais.

Une voix retentit : « Dernier appel pour l'embarquement à destination de Des Moines. »

— Je dois te laisser, maman, c'est mon vol. Je t'embrasse.

— À tout de suite, chérie !

On m'attend devant la porte 54. Tout le monde est déjà dans l'avion. Je tends ma carte d'embarquement à la jeune demoiselle qui ne me regarde même pas. Je crois qu'elle a hâte aux vacances, elle aussi.

L'avion est bondé. Il ne reste que deux sièges vides. C'est sans doute mon jour de chance. Je pourrai étaler mes revues et magazines sans respirer le même air qu'un étranger qui s'endormira en prenant toute la place.

On attend sans savoir pourquoi. Pendant une bonne trentaine de minutes. Les passagers s'impatientent, mais personne ne pose de questions.

Enfin, le commandant se manifeste.

« Mesdames et messieurs, nous attendons un dernier passager qui sera là sous peu. »

Tout le monde soupire. Moi aussi… Je n'aurais pas dû me réjouir trop vite. Le siège voisin n'aura pas été inoccupé bien longtemps. En maugréant, je ramasse mes effets personnels, que j'avais déjà commencé à éparpiller. J'enfile mes écouteurs et je m'adapte à mon espace. Quelques minutes s'écoulent avant que le retardataire fasse son entrée, sous le regard assassin de tous les passagers.

Je n'en crois pas mes yeux. Je me redresse d'un coup.

Pendant qu'il regarde en l'air pour chercher son siège, je passe une main dans mes cheveux ébouriffés. De la langue, j'humecte mes lèvres sèches. Pendant un instant, je regrette de m'être habillée confortablement ce matin. Chaque pas qu'il fait dans ma direction fait battre mon cœur plus vite. Soudainement, j'espère qu'il n'y a pas un autre siège libre que je n'aurais pas remarqué, au fond de l'avion. Il ouvre le coffre au-dessus de ma tête pour y déposer son sac. Bien qu'incapable de dire quoi que ce soit, je suis soulagée. Sans me regarder, probablement par honte d'avoir retardé tout le groupe, il s'assoit à mes côtés et attache sa ceinture. Il se sent épié. Je fixe sa mâchoire parfaite. Il se tourne pour me saluer rapidement. Puis il réalise. Ses yeux s'illuminent. Il ramène son regard vers le mien.

— Lisa ?

— Derek !

— Comme c'est étrange. Qu'est-ce que tu fais là ?

— Je pourrais te demander la même chose !

Impossible de camoufler le sourire qui se dessine sur mon visage. Quelles étaient les chances que je le revoie ici, dans cet avion ? Une sur un million ? Pourtant, il est bien là. Je reconnais ces bras. Ceux qui m'ont enlacée pas plus tard qu'hier soir.

— Tu ne dis rien ? Tu n'es pas trop déçue que je sois là, à tes côtés ?

— Au contraire, Derek. Je suis juste surprise de te voir. Où vas-tu ?

— Je m'en vais rendre visite à ma grand-mère pour le temps des fêtes.

— Tu es né en Iowa ?

— J'y étais encore jusqu'à l'an passé.

— Pourquoi es-tu venu à New York ?

— J'aurai besoin d'une autre année pour le découvrir, j'imagine. J'ai quitté l'Iowa sur un coup de tête et je cherche encore à me l'expliquer.

— Tu n'aimes pas New York ?

— Je ne m'habitue pas. Je m'y sens seul. Ma grand-mère est ma seule famille. Loin d'elle, j'ai l'impression qu'il manque une partie de moi. C'est elle qui m'a élevé et qui m'a dit de partir. Elle avait l'impression d'être un boulet à ma cheville. Elle voulait sans doute que je fasse ma vie. Alors c'est ce que j'ai fait. J'ai pris la fortune que mes parents m'ont laissée et je me suis installé dans la grande ville pour réaliser mon rêve. Celui de devenir copropriétaire d'un des plus gros hôtels de la métropole.

— Le Four Seasons ?

— Exactement !

— Je croyais que le portier essayait de t'empêcher d'entrer.

— À ton arrivée, j'étais simplement en train de lui dire que l'endroit était plein et de ne plus laisser passer personne.

— Si je comprends bien, c'est toi qui m'as permis d'y aller alors ?

— Il faut dire que tu n'avais pas la langue dans ta poche et que le baiser en valait amplement le prix !

Je rougis.

— Pourquoi ne m'as-tu pas dit que tu étais l'un des propriétaires ?

— Tu ne m'as pas posé la question !

— Où sont tes parents ?

— Je ne les ai pas connus…

— Je suis désolée, Derek.

— Ne t'en fais pas. Je n'ai pas manqué d'amour. J'ai eu tout ce dont j'avais besoin pour devenir un homme. Je pense que grand-mère n'a pas manqué son coup !

— En effet, elle a assez bien réussi.

Je souris. Nous nous taisons un instant. Je ne sais trop que dire. Je pourrais l'écouter pendant des heures. À la dérobée, j'observe sa bouche invitante.

Il reprend :

— Et toi ?

— Par où commencer ? Ce sont les grands espaces qui me manquent en ce moment. Quand je suis arrivée en ville, je ne compte même pas le nombre de fois où j'ai failli me faire happer par un taxi en sortant de chez moi. Je n'étais pas habituée à regarder des deux côtés en arrivant au bas des marches. Chez mes parents, l'escalier donne sur une immense prairie. J'allais chercher le courrier à vélo le matin. L'allée en gravier qui mène jusqu'à la route de campagne qui passe devant la maison doit s'étendre sur un kilomètre.

— Je sais. J'ai eu beaucoup de difficulté, moi aussi.

— Oh, et je n'en ai plus pour longtemps.

Un malaise s'installe subitement. Je rectifie :

— À New York, je veux dire. Je n'en ai plus pour longtemps à New York. Je retourne vivre en Iowa. J'en ai assez du béton, du bruit et des embouteillages.

— Tu ne travailles pas pour le *New York Prime*? Tu pourras écrire tes articles à distance ?

— Comment sais-tu que je suis journaliste ?

— Internet !

— La vérité, c'est que j'ai donné ma démission hier matin. Sur un coup de tête. Je n'ai simplement pas eu le temps de l'assimiler encore. Je ne sais pas si j'ai pris la bonne décision, l'avenir me le dira. Pour le moment, disons que j'essaie de vivre un jour à la fois !

Il baisse les yeux. Son visage change d'un coup. J'ignore si cela trahit la réflexion, la déception ou l'envie de vouloir faire de même...

— Ça va ?

— Oui... Je te trouve courageuse.

— Ce n'est pas du courage, crois-moi. C'est une question de santé mentale.

Il rit.

— Toi, Derek…

— Freeman.

— Oh ! Derek Freeman. Es-tu un homme libre ?

Quelle question idiote ! Je ne peux pas croire ce que je viens de lui demander. Il répond candidement :

— Si tu veux savoir si je suis célibataire, la réponse est oui. Mais je dois t'avouer que j'ai embrassé une charmante inconnue hier soir.

On discute comme ça pendant tout le vol. Quelques heures de plus et je pourrais presque dire que je le connais par cœur. Le temps m'a semblé si court. Ce n'est pas bien, dans mon cas. Le temps ne doit pas passer trop vite.

Le pilote avertit les passagers que, dans quelques minutes, nous entamerons notre descente.

On en profite pour terminer le mimosa que Derek nous a offert malgré les relents de la veille. À ma santé, qu'il dit. S'il savait…

On célèbre les vacances et le temps des fêtes… On boit aux retrouvailles qui auront lieu très bientôt avec nos proches.

Il se lève pour aller aux toilettes avant notre arrivée. Je fouille dans mon sac à main dans l'espoir d'y trouver un petit bout de papier. J'y gribouille quelques mots. Je l'enfouis dans une des pochettes du bagage à main que Derek a laissé sous le siège devant lui. Il revient avec un beau grand sourire. Je crois qu'il a trouvé le vol agréable.

Moi aussi…

L'avion se pose et on se quitte, plus difficilement que la veille, encore une fois…

9

Je les aperçois de l'autre côté de la fenêtre. Je suis convaincue qu'ils sont restés debout tout ce temps pour être certains de ne pas manquer mon arrivée. Ils ne m'ont pas remarquée encore. Je souris en voyant ma mère sautiller sur place en espérant me repérer. N'eût été l'immense pancarte « Bienvenue à la maison », probablement que je ne les aurais pas vus non plus. En accélérant le pas, je récupère ma valise et me dirige vers eux.

— Maman, papa !

— Lisa !

Leurs bras m'entourent et me réconfortent. Comme si j'avais quatre ans à nouveau. Cette sensation me procure le plus grand bien. Je crois que j'en avais besoin. Les étreintes durent de longues minutes, sans un mot. Le chandail de laine de ma mère éponge la rivière de larmes qui déferle de mes yeux. Ce qui me vaut un interrogatoire. Je mets tout sur le compte de la fatigue.

Les mains imposantes de mon père caressent mes cheveux. J'ai l'impression que plus rien ne peut m'arriver maintenant.

— Enfin, te voilà !

J'essuie mes larmes.

— Oui, maman. Quel plaisir de vous voir ! Vous m'avez terriblement manqué, tous les deux.

Papa est trop ému pour dire quoi que ce soit. Il se contente de sourire, la larme à l'œil. Il ramasse ma valise et mon bagage à main, en vrai gentleman.

— On y va ? Je suis impatiente d'être à la maison !

Maman n'arrête pas de parler. Elle en avait long à me dire. Depuis le temps qu'on ne s'est pas vues.

— Ton père a nettoyé son camion pendant deux heures hier. Je lui ai dit qu'on aurait pu prendre la voiture. Il disait que ce serait plus confortable dans le camion.

— Wow, papa ! Il reluit !

Il m'ouvre la portière. J'enjambe le marchepied, me suspends à la poignée au plafond et je m'élance, bercée par le balancement de la carrosserie qui craque. Je me glisse sur la banquette de devant. Je ferai le trajet, assise à califourchon, une jambe de chaque côté de la boîte d'embrayage.

— Est-ce que j'aurai le droit de changer de vitesse, comme lorsque j'étais petite ?

Papa sourit.

Pendant une heure, on discute de tout et de rien. Je débite le discours que j'ai préparé sur le travail, les amis, les amours. Un compte rendu de tout ce qui m'est arrivé au cours des dernières semaines et que je refuse d'étaler au téléphone pour ne pas les ennuyer.

— Es-tu heureuse, Lisa ?

— Maman…

Je n'avais pas prévu ce genre de question. Pas aussi tôt dans la conversation.

— Profitons de ce moment. J'avais tellement hâte de rentrer.

On arrive à la maison. Tout me semble plus petit. C'est probablement la grande et méchante ville qui a créé cet effet.

— Si tu veux, Lisa, j'aurai besoin d'un petit coup de main pour préparer le réveillon de demain.

— Ça me fera le plus grand bien, maman !

En entrant dans la cour, je regarde de chaque côté, émerveillée. Je remarque les décorations de toutes les couleurs qui sont accrochées à chacun des arbres qui mènent à notre charmante maison.

— Maman, papa… Vous vous êtes donné un mal fou.

— Ton père a tout accroché ce matin avant de partir pour l'aéroport. Il disait que le froid allait faire rétrécir les ballons. Il avait bien raison. Ils étaient deux fois plus gros !

Impatiente, je monte les quelques marches qui mènent à la vieille porte du paradis. La galerie est impeccable. La peinture y est fraîche de l'été dernier. Apparemment, papa a su quoi faire de sa retraite. Il se tient occupé.

Je le regarde descendre ma valise d'un bras. Le fait qu'elle pèse une tonne ne semble pas le gêner. Ces années de dur labeur sur le ranch ne lui auront pas volé sa santé. Au contraire. Il a l'air plus en forme que jamais.

Maman l'attend. D'une main, il tient ma valise, et de l'autre, la main de sa tendre épouse, son Elizabeth. Ils sont amoureux comme au premier jour.

Je tends la main vers la poignée pour entrer. Elle résiste.

— C'est nouveau ? Vous n'avez jamais verrouillé avant de partir de la maison !

— Je sais. Des voisins se sont fait piller leur garage et voler leurs outils. Je ne prends plus de risque, maintenant.

Papa insère la clé et pousse la porte qui grince. Des voix jaillissent de l'intérieur :

— Joyeux Noël, Lily !

Je sursaute. Une immense banderole surplombe le grand salon, qui est bondé. On peut y lire « BON RETOUR, LISA ». Toute la famille est là. Les oncles, les tantes, les cousins et cousines. Il ne manque personne.

— Tu ne croyais tout de même pas que j'allais te faire travailler à ton arrivée ! On fête le réveillon ce soir, avant tout le monde. Allez, entre !

Les odeurs se mélangent. Le sapin, la dinde, les tartes et les différents parfums de mes tantes. Par-dessus tout, ça sent le bonheur.

À tour de rôle, on vient me trouver pour me souhaiter un joyeux Noël et un bon retour. Je n'ai pas vu certaines de ces personnes depuis une bonne dizaine d'années! Elles ont à peine vieilli. La jeunesse éternelle, c'est dans les gènes de cette famille. La musique de Noël retentit de l'immense radio en bois qui trône dans le coin du salon depuis que je suis au monde.

Je fais connaissance avec les enfants de mes cousins et cousines. Je me rends compte que j'ai manqué quatre naissances depuis ma dernière visite, mais aucun enterrement. Quelle chance! Quand je pense que le prochain pourrait bien être le mien.

Même grand-maman et grand-papa sont là, à se bercer tranquillement, le sourire aux lèvres. Ils sont visiblement heureux de voir jouer leurs arrière-petits-enfants.

Après avoir salué tous les convives, j'attrape ma valise pour monter à l'étage.

— Laisse, chérie. Ton père s'en occupe. J'ai préparé ta chambre. Passe plutôt à la cuisine. Tu dois être affamée.

— J'ai surtout soif!

— Ton père a préparé son punch!

Malgré le trop-plein d'attention qui me déstabilise, je suis émue de revoir tous ces gens après un si long moment. On me pose mille questions. Sur ma vie personnelle et sur mon travail, qui a toujours fasciné ma famille. Je demeure dans la grande ville. Je côtoie les artistes, les politiciens. Ils veulent tout savoir, c'est évident.

Toujours les mêmes réponses, toujours les mêmes mensonges. J'évite les regards, les conversations trop approfondies. Je reste évasive, en survolant les sujets abordés. Je m'empresse de terminer mon verre pour pouvoir me retrouver seule dans la cuisine, prétextant le besoin de le remplir.

Heureusement que l'heure avance et qu'oncle Arthur a apporté son accordéon. Son spectacle détourne l'attention, à mon grand soulagement. De loin, je regarde les invités danser. Les gigues, les airs traditionnels… Comme lorsque j'étais petite et que j'assistais à tout ça, en retrait, avec les enfants de mon âge. Fidèles aux bonnes habitudes de papa et maman, nous mangeons et buvons comme des rois.

Tout le monde aime mes parents. Je les admire. Ils sont tellement bienveillants pour les gens qui les entourent. Les voisins se joignent à nous ! Grâce à cette fête pour mon arrivée, ils auront la chance d'ajouter un réveillon à leur liste cette année !

— Quelle bonne idée de faire ça un 23 décembre ! disent-ils.

Je regarde maman, qui les accueille comme s'il s'agissait de membres de sa famille. Le cœur grand comme l'univers, elle ouvre la porte à qui veut bien fêter avec nous.

Elle est tellement belle avec ses longs cheveux pâlis qu'elle remonte en chignon, ce qui lui donne des allures de reine.

Le soleil est couché et l'arbre de Noël est encore éteint. La coutume familiale veut qu'à minuit on en fasse l'illumination pour souligner la naissance de l'Enfant Jésus. En temps normal, ça aurait lieu demain, mais j'ai chamboulé la tradition.

On chante et on danse à la lueur des lampes et des bougies installées un peu partout dans le grand salon. Puis, à 23 h 58, maman demande deux minutes de silence. C'est papa qui prendra la parole cette année. Pour la première fois, son père lui a cédé la place. Tout le monde reprend son sérieux et écoute attentivement.

— Je voudrais simplement vous remercier de votre présence parmi nous. Le réveillon a toujours été une réunion importante pour notre famille.

Sa voix tremble de plus en plus. Il n'est pas habitué à livrer des discours devant une si grande assemblée.

Les yeux miroitants, il se tourne vers moi. C'est peut-être l'émotion, finalement. Inutile d'en rajouter pour que j'éclate en sanglots. Ma mère enroule ses bras autour de mes hanches.

— Cette année, notre fille chérie se joint à nous, à notre plus grand bonheur. Merci, Lily !

— C'est Lisa ! s'exclame maman pour détendre l'atmosphère.

Cela fonctionne.

Tout le monde rit en criant « Joyeux Noël, Lily », question de faire fâcher ma mère, qui n'accepte toujours pas ce diminutif, après toutes ces années !

— L'année 2016 fut belle. Elle nous a apporté l'abondance dans les champs et nous a gardé ce qu'il y a de plus précieux, la santé.

Ce dernier mot résonne en moi.

Je fixe le sapin et les mille cadeaux qui l'encerclent en me disant que la seule chose que j'aurais envie de recevoir, cette année, c'est du temps. Mais comme les minutes et les heures ne s'achètent pas, je m'efforce de profiter de celles qui s'enfuient. J'essaie de m'imprégner des éclats de rire qui fusent de toutes parts et qui emplissent le grand salon. Je me parfume aux odeurs du repas que ma mère a préparé !

Papa poursuit :

— On demande au Bon Dieu de faire en sorte que l'année qui vient soit aussi bonne que la précédente et qu'elle nous offre la chance de nous réunir encore plus souvent. Cette soirée me réjouit. Je suis heureux de nous voir tous ensemble. Amusons-nous tandis que nous sommes vivants !

— AMEN !

Sous un tonnerre d'applaudissements, il se penche, attrape le fil au pied du sapin et le branche. La lumière jaillit à travers la pièce, laissant tout le monde béat. Moi, c'est mon père qui suscite toute mon admiration. Je bénis le Seigneur d'être tombée dans une famille aussi aimante.

Papa sort son brandy. La fête se poursuit jusqu'au milieu de la nuit. La fatigue intense me flanque la nausée. Épuisée, je me faufile à travers les invités. Ma tête lourde a besoin d'une petite pause. Les derniers jours ont été éprouvants au plus haut point.

Je monte l'escalier qui mène à l'étage, où se trouve ma chambre. La porte est entrouverte. Je me penche pour y entrer. Je ne me souvenais pas que l'encadrement était aussi bas.

J'aperçois la lueur de ma lampe de chevet. Elle projette des chevaux sur les murs. Je les fixais pendant de longues minutes avant de m'endormir en rêvant aux bêtes qui galopaient dans la prairie.

Je me revois, avec mon petit chapeau de *cowgirl*, mes bottes et ma chemise à carreaux, alors que ma seule préoccupation était de me lever le matin et d'essayer d'être heureuse, le plus possible.

Couchée sur mon lit, je fixe les chevaux qui montent jusqu'au plafond. Cela me rappelle les balades que je faisais chaque matin pendant les vacances. Perdue dans mes pensées, je n'entends pas ma mère qui pousse la porte. Elle me fait sursauter en s'assoyant à mes pieds. Elle glisse sa main chaude le long de ma jambe.

— Tu es déjà au lit ?

— Il est bientôt deux heures, maman !

— Maintenant que tu as le droit de te coucher à l'heure que tu veux, tu es raisonnable ? Ton père et moi avions cessé de nous battre quand tu étais petite. On attendait que tu tombes au combat et on te retrouvait étendue de tout ton long dans une pile de manteaux.

— C'était il y a longtemps !

Elle reste muette un instant, ce qui laisse présager une question existentielle.

— Es-tu certaine que tout va bien, ma fille ? Tu as semblé préoccupée toute la soirée.

— Oui, maman. C'est simplement que tout ça me manquait plus que j'aurais pu l'imaginer. C'est peut-être à cause de la trentaine qui approche, mais je prends conscience de plein de choses qui ne m'atteignaient pas auparavant.

— C'est plus que ça.

— Qu'est-ce que tu veux dire ?

— Quand tu auras des enfants, tu connaîtras ce sentiment tellement fort qu'on a quand on regarde dans leurs yeux. Tu verras qu'ils ne pourront rien te cacher. Et avant même qu'ils te disent quoi que ce soit, tu comprendras que quelque chose ne va pas.

Elle se relève et pose un baiser sur mon front en caressant ma joue. Puis, elle se retourne et va rejoindre les visiteurs avant que ceux-ci ne grimpent dans le sapin. Bercée par la musique et la voix imposante de mon père qui chante les chansons de son enfance, je sors ce journal que j'ai commencé à écrire hier.

Mieux vaut tard que jamais…

Journal de Lisa Walter
Confidentiel

Papa, maman…
Ils ont mis le paquet pour célébrer mon retour. Malheureusement, je n'avais pas le cœur à la fête. J'ai fait le

caméléon toute la soirée. Je me suis esquivée dans tous les recoins de la maison que j'ai pu trouver. J'ai évité les regards et les accolades pour ne pas me faire dire que j'avais perdu du poids ou que je semblais fatiguée. J'ai camouflé mes larmes, essayant de m'immuniser contre la peine de savoir que je vivais peut-être mon dernier Noël avec mes proches. Malgré tout, j'ai quand même enfoui dans mon cœur tous ces beaux moments. J'ai rempli mes yeux de toutes les couleurs, mes narines de toutes les odeurs et mes oreilles de tous les « Joyeux Noël » et « Je t'aime » que j'ai perçus ce soir.

Maureen...
Je ne peux m'empêcher de penser à cette serveuse que j'ai croisée à l'aéroport ce matin. Je l'ai connue quelques minutes à peine, mais c'était assez pour me rendre compte que je l'ai jugée beaucoup trop vite. Je ne faisais que penser à ma petite personne. Toute cette rage que j'ai en moi depuis que j'ai reçu le diagnostic, je devrai apprendre à la transformer. Sinon je vais mourir avant le temps.

Je ne connais rien d'elle, de sa famille, de sa maladie. Je me suis dit que si elle était rentrée au travail ce matin, c'est que tout allait bien dans sa vie.

Mais si ça se trouve, elle continue de travailler pour payer ses traitements dans l'espoir de guérir.

Elle, la veille de Noël, elle pressera des pamplemousses à des hommes d'affaires trop pressés pour la remercier de si bien les servir, un 24 décembre.

Est-ce qu'elle a des enfants ? Des êtres chers qu'elle devra laisser derrière elle si les traitements refusent de jouer en sa faveur ? Un mari qui la soutient pour l'aider à passer à travers sa maladie ?

Quoi qu'il en soit, il n'y a pas d'ordre normal des choses. Ça ne fait pas moins mal de partir avant ses enfants. Ça reste un deuil, une déchirure.

Moi, je devrai dire adieu à mes parents et eux devront me laisser partir aussi... Avant eux... Que ce soit dans l'ordre des choses ou pas...

Derek... Pourquoi ?
Je suis seule depuis toujours, je n'ai pas encore rencontré l'homme qui me donnerait envie de bâtir quelque chose de solide, de durable. Je me suis toujours dit que cela arriverait au moment convenable.

Mais il est loin d'être opportun, le moment. Il ne pourrait être plus mal choisi. À l'aube de ma mort, je croise cet homme mystérieux à deux reprises dans des circonstances assez particulières. Le pire, c'est que ça me chavire, ça me bouscule de l'intérieur.

Je ne le reverrai probablement jamais, comme s'il avait été de passage pour me faire ressentir ce qu'est l'amour, au moins une fois dans ma courte vie.

LW

10

— Lisa ? Es-tu réveillée, chérie ?

— Oui, maman. Maintenant, je le suis !

Je n'ai eu connaissance de rien. Les invités qui repartent, enivrés par l'alcool et la musique. En se souhaitant « Joyeux Noël et à l'année prochaine ». Je me suis endormie comme un bébé, tout habillée.

J'attrape le pyjama que j'ai reçu en cadeau de mes parents. Je l'enfile et je descends les rejoindre, en suivant l'odeur du déjeuner qui se répand dans toute la maison.

— Bonjour, chérie !

Ma mère me tend une tasse de café que je refuse en prétextant un mal de tête dû au surplus d'alcool de la veille.

— Quelle heure est-il ?

— Il est 11 heures. J'ai préparé des crêpes. Dépêche-toi de te mettre quelque chose sous la dent, ton père nous attend dehors.

Sans poser de questions, je m'installe à table devant le festin de crêpes et de confitures maison. Je regarde autour. Tout est impeccable. Plus aucune trace de réveillon. Les planchers sont lavés, la vaisselle aussi. Les restants d'emballages et les boîtes vides sont déjà dans le bac de recyclage avec les nombreux cadavres de bouteilles. Tout est rangé à sa place. Ma mère est une déesse. Je ne sais pas comment elle fait. Tout ce que je sais, c'est qu'elle n'a pas posé sa tête sur l'oreiller avant que la maison ait l'air de cela. Quand j'étais petite, elle pouvait passer la nuit entière debout à tout ramasser afin que plus rien ne paraisse le matin de Noël. Elle a eu le temps de faire le petit-déjeuner, par-dessus le marché.

— Tu es incroyable, maman.

— Allez, mange. Ton père t'a préparé un petit quelque chose.

C'était comme ça tous les matins dans mon enfance. Il fallait se lever aux aurores pour avoir la chance de souhaiter une bonne journée à papa. Il n'avait pas terminé son repas qu'il était déjà avec les animaux ou assis sur son tracteur. Visiblement, rien n'a changé ici.

J'enfile mon habit de neige, mes bottes, ma tuque et mes mitaines et je rejoins ma mère, qui m'attend sur le pas de la porte depuis dix minutes.

— Tu n'ouvres pas tant que je ne te dis pas d'ouvrir.

— Promis, maman.

Elle prend le walkie-talkie avec lequel mes parents communiquent depuis des années. Ils l'ont toujours à portée de main en cas d'urgence. Elle appuie sur le bouton.

— Es-tu prêt?

— Oui, vous pouvez sortir!

Comme une enfant le matin de Noël, maman pousse la porte de la maison. Une neige folle se faufile instantanément à l'intérieur. Une musique retentit et j'aperçois mon père, déguisé en père Noël, debout dans sa charrette enguirlandée et tout illuminée.

— J'avais hâte que tu te réveilles! Les chevaux sont impatients de nous offrir une balade de rêve à travers les sentiers.

— Papa, c'est extraordinaire!

Il me tend la main afin que je puisse y monter.

— Prends-toi un thermos. Ça te gardera au chaud pendant notre promenade. Il se peut que j'aie échappé un peu d'alcool dans le café. Ne sois pas surprise! Allez hop, on y va!

Les chevaux obéissent sur-le-champ. Les grelots résonnent. Le temps est doux. Juste assez frais pour me refroidir le bout du nez. J'ai peine à y croire. Je pourrais être à New York, dans cette ville où tout le monde court tout le temps. À la place, je suis là où je suis née, avec les gens que j'aime plus que tout. L'air frais qui se propage à l'intérieur de mon corps malade m'apaise. On traverse la grande prairie et on dévale les sentiers où j'ai si souvent galopé pendant de longues heures.

Papa me tend les rênes, comme lorsque j'étais petite. Je me souviens encore de la première fois où il m'a laissée conduire les chevaux. J'étais tellement fière. Il venait de me démontrer la plus grande marque de confiance. Je me lève, saute sur la banquette avant et attrape ceux-ci. À ce moment précis, je donnerais tout ce que je possède pour pouvoir revenir en arrière. À cette époque où vieillir me paraissait bien dérisoire.

— Pour tourner à gauche, tu…

— Je sais papa, dis-je en souriant à belles dents.

— Excuse-moi. C'est comme faire du vélo, cela ne se perd pas !

En silence, le cœur content, on revient tranquillement vers la maison. Les chevaux poursuivent leur course sans que j'aie à faire quoi que ce soit. Ils connaissent ces sentiers par cœur. La charrette s'immobilise devant un des bâtiments au son de la voix de mon père, qui ordonne aux bêtes de s'arrêter.

— Merci, papa. J'apprécie énormément ce moment.

— Ce n'est pas fini. J'ai une surprise pour toi. Un cadeau de Noël avant le temps.

— Papa… Tu sais bien que je n'ai besoin de rien.

— Tais-toi et suis-moi.

J'entends maman ajouter :

— Tu ne croyais tout de même pas qu'on allait juste t'offrir un pyjama pour Noël !

Ils m'aident à descendre. Et ils me font entrer dans l'écurie devant laquelle les chevaux se sont arrêtés. Au fond de celle-ci se trouvait la stalle de mon cheval, Jack. Mon confident, mon ami d'adolescence. Plus on s'en approche et plus mon cœur bat la chamade. On s'immobilise devant le box. Je n'ose même pas regarder à l'intérieur. Les images défilent dans ma tête à toute vitesse. Des souvenirs précieux refont surface.

— Cet endroit me rappelle tellement de belles choses. Mes envies de m'évader. Mon Jack. Te souviens-tu de ce cheval, papa ?

Le hennissement d'un animal me fait sursauter.

— Non… Papa ?

— Joyeux Noël, ma chérie.

En me retournant, je l'aperçois. Je m'écroule sur le sol. Il est bien là.

— Ton père a regretté pendant des mois de s'en être débarrassé. Il a payé le double pour le ramener à la maison.

— Oui. Il se fait vieux, mais il est encore assez en forme pour de bonnes balades. Je me suis dit que tu serais contente de savoir que ton vieil ami est de retour. Et je pense à toi chaque fois que je viens le nourrir. C'est un peu comme si je t'avais ramenée à la maison !

— Papa… Je ne sais pas quoi dire. Depuis mon arrivée ici, je suis plus que comblée ! Mais là…

J'ouvre la porte de la stalle et m'y introduis. Jack glisse sa tête sur mon cou. Mon vieux cheval. J'ai l'impression qu'il a reconnu ma voix. Une amitié comme celle-là, ça ne s'oublie pas. Je le caresse pendant de longues minutes, sous le regard émerveillé de mes parents.

Mission accomplie.

— Tu peux être fier de ton coup, papa. Je n'aurais jamais cru revoir ce cheval de ma vie.

— Il est à toi. Il va vieillir et mourir ici !

Est-ce maintenant le bon moment ? Devrais-je leur dire que, moi aussi, je veux mourir ici, à leurs côtés ? J'ai l'impression qu'il n'arrivera jamais, le bon moment. Mais il faudra bien que je leur fasse l'annonce, un jour ou l'autre. Il faudra bien que je dise à maman ce qui se passe dans ma tête quand mes yeux s'enfoncent dans un brouillard de larmes.

Sans laisser paraître mon trouble, j'aide papa à défaire les attelages pendant que maman rentre à la maison. Je brosse les chevaux avant de les retourner à leur stalle. Je leur donne du foin et un peu d'eau fraîche. Je m'assure qu'ils ont tout ce qu'il leur faut. Papa me surveille d'un œil, comme quand j'étais petite. Il avait toujours peur qu'il m'arrive quelque chose, avec ces grosses bêtes. Tandis que moi, je n'avais peur de rien. C'est un peu ça qui l'inquiétait.

— Tu as toujours aimé ces animaux.

— Oui, et je les aime encore, papa. Tu m'as offert un cadeau d'une valeur inestimable. Tu n'as même pas idée.

Ensemble, nous regagnons la maison pour rejoindre maman, qui doit déjà avoir terminé de mettre la table. En marchant, j'observe papa, qui a le regard clair et le sourire aux lèvres. J'ai l'impression qu'il est plus léger que ce matin. Même sa démarche a quelque chose de différent. Il est content. Il sait qu'il a réussi à me faire plaisir, ce qu'il fait depuis que je suis toute petite. C'est quand même exceptionnel. Tu donnes la vie et, du jour au lendemain, tu n'es plus la personne la plus importante sur terre.

La neige fond au contact de mes joues brûlantes, et l'eau qui s'écoule se mélange aux larmes de douleur qui s'échappent lorsque je me mets à penser que, moi, je n'aurai pas cette chance de trouver le plus beau cadeau de Noël à donner à mon enfant. Que je n'aurai pas l'honneur d'avoir rendu un petit être fou de joie devant le présent que j'aurai mis des semaines à trouver. Ce cadeau qui me rendrait tellement fière que j'en gambaderais comme le fait mon père présentement. Cela me crève le cœur de penser que moi, Lisa Walter, j'aurai été toute ma vie la personne la plus importante pour moi.

11

Les discussions se poursuivent autour d'un bon repas. Maman a préparé une soupe aux légumes et un pain de ménage. Je m'empiffre avec hâte pour pouvoir retourner le plus vite possible à l'écurie.

— C'est incroyable, papa. Je n'oublierai jamais ce que tu as fait.

— Tu aurais dû voir tes yeux, Lily ! C'est ce qui me rend le plus heureux. Tu sais, avec ma retraite, il faut que je m'occupe. Je ne veux plus travailler autant qu'avant au ranch.

— Au fait, qui s'occupe de la terre, maintenant ?

Maman enchaîne :

— Ton cousin Bryan nous a donné un bon coup de main tout l'automne. Il avait bien besoin de cet argent, avec le petit Jimmy qui venait tout juste de naître. Il est adorable, ce petit, n'est-ce pas ?

— Oui, maman. Ne change pas de sujet. Pour la suite, qui va vous aider ?

— On a fait paraître une offre d'emploi dans le journal local, juste avant les fêtes.

— Et tu crois que ce sera suffisant pour trouver quelqu'un pour le mois de janvier ? Les bêtes ne peuvent pas attendre et c'est trop pour papa.

— Ne t'en fais pas. Je suis certaine qu'on va trouver.

— D'ici là, je pourrais vous aider ?

— Lisa… Tu es en vacances. Tu n'es pas venue ici pour travailler mais pour te reposer. Tout va s'arranger.

Je ne compte plus le nombre de fois où j'ai entendu cette phrase. « Tout va s'arranger. » Le pire, c'est qu'ils ont eu raison. Tout finissait toujours par s'arranger. Ils ont cette capacité de faire confiance à la vie. Ils se sont laissé guider par les saisons. Par la météo, favorable aux récoltes, ou pas.

J'ajoute :

— Je peux tout faire à distance. Je n'ai pas envie de repartir. Pas maintenant en tout cas. Laissez-moi vous aider. Je pourrais travailler au ranch le jour et rédiger mes articles le soir.

— Tu veux dire que tu resterais avec nous ?

— Oui, si vous le voulez, bien sûr.

Un silence s'installe.

— Lisa, tu finirais par t'ennuyer. Ce n'est pas ta vie ici. Ne passe pas à côté de celle-ci. Tu es jeune et tu as déjà une brillante carrière.

— J'ai seulement besoin d'une pause.

Maman s'exclame :

— Je savais que quelque chose n'allait pas. As-tu perdu ton emploi ?

— Non, maman…

Je baisse les yeux, ce qui n'aide pas ma cause.

— Lisa Walter.

Les choses se corsent. Elle n'aime pas que je lui mente. Et quand elle ajoute mon nom de famille après mon prénom, c'est signe que la situation s'apprête à dégénérer.

— J'ai donné ma démission, maman. Je n'en pouvais plus de mon patron et de toute cette pression. Et de cette ville… Ma vie ici me manque. Vous me manquez aussi.

— Mon Dieu.

Elle lève les yeux au ciel comme si je venais de lui annoncer ma mort imminente. Je n'ose pas imaginer sa réaction lorsque le temps sera venu de le faire réellement.

— Tout va bien, maman. J'ai mis de l'argent de côté. Cette pause me fera le plus grand bien. Appelons ça une année sabbatique !

— Et Rosie, est-elle au courant ? C'était prévu avant ton arrivée ici ?

— Non. Mais je le lui dirai sous peu. Je ne voulais pas qu'elle s'inquiète avant de recevoir sa famille à New York. De toute façon, c'est elle qui passait son temps à me dire à quel point ce travail prenait trop de place dans ma vie et me rendait aigrie.

— Alors tu vas rester ?

— Oui, je vais rester.

Elle se lève d'un bond.

— Tu as compris, Bill ? Elle reste avec nous. Je crois rêver ! Il faut fêter ça. Est-ce qu'il reste du punch ?

Elle jette sa serviette de table par terre et s'élance vers le réfrigérateur. Mon père, lui, ne dit pas un mot.

— Est-ce que ça va, papa?

— Je veux simplement être certain que tu le fais pour toi, et non pour moi. Je vais trouver quelqu'un pour s'occuper du ranch. Ce n'est qu'une question de temps.

— Tu ne vas pas me priver de Jack une seconde fois, papa!

Il me décoche un large sourire. Il sait très bien que ce n'est pas du cheval que je parle, mais de ces deux êtres extraordinaires que je n'ai plus envie de quitter. Sans travail, à New York, je vais devenir folle. Je préfère de loin rester ici et prendre le temps d'apprécier les jours qui me sont alloués, mon restant de vie.

Maman me sert un verre, que j'accepte mais que je ne boirai pas. J'ai le cerveau en bataille. Cela fait seulement vingt-quatre heures que je suis ici, et j'ai déjà reçu un pyjama, un cheval, et j'ai décroché un nouvel emploi. Je me demande bien ce que les prochains jours me réservent!

Au moins, j'ai déjà commencé les aveux. Je me demandais comment j'allais annoncer aux parents que je ne retournerais pas à New York et que leur petite fille chérie revenait au bercail. Je leur ai dit que c'était pour un temps indéterminé, je sais. Mais même une journaliste chevronnée peut se tromper. Indéterminé et éternité, cela se ressemble, non?

Maman retire le couvercle de la cloche à gâteau. C'est toujours comme ça. Pas seulement dans le temps des fêtes. Elle cuisine pour une armée, même si nous ne sommes que trois. Et malgré toutes ces années, mon père salive encore devant les plats que sa femme lui a préparés avec tant d'amour.

Journal de Lisa Walter
Confidentiel

Honteuse, je me suis retirée en douce après le repas, comme si on m'avait mise en punition dans ma chambre parce que j'ai menti. J'ai annoncé à mes parents que je n'allais pas retourner vivre à New York. Ça, ce n'est qu'une partie de la vérité. Suis-je plus légère qu'avant? Non... J'ai encore et toujours ce poids qui pèse sur mes épaules faiblies. J'aurais dû leur dire la vraie raison pour laquelle j'ai quitté mon emploi au lieu d'essayer de me convaincre que c'est pour les protéger que je leur cache la vérité. Mais elle me fait peur, la vérité. Je ne l'accepte pas. Je refuse d'y croire.

Je sais qu'ils ne méritent pas ça. Ils auraient le droit de savoir que c'est la dernière fois de ma vie que je vois l'hiver et que c'est pour cette raison que je m'émeus devant le grand arbre chargé de neige. Ils auraient le droit de savoir pourquoi mon regard se perd dans les milliers de flocons qui descendent du ciel pour s'effondrer sur le sol.

Papa, maman,
Je ne retournerai pas à New York. Je n'y retournerai jamais. Cette ville m'a satisfaite pendant dix belles années de ma vie. J'étais jeune et ambitieuse. Je n'avais qu'une envie à cette époque, c'était de partir de la maison. Ce n'est pas votre faute, bien au contraire. Vous êtes la seule chose qui aurait pu me retenir ici. J'ai dû partir, sans me retourner, en vous imaginant me regarder m'éloigner, jusqu'à ce que je disparaisse de votre champ de vision.

Votre petite fille qui s'en va dans la grande ville. Je me sentais comme le mouton noir de ce village. On allait parler de moi au restaurant du coin en disant: « Il paraît que la fille de Bill Walter déménage en ville. »

Mais aujourd'hui, je n'ai qu'une envie, c'est de revenir. Je veux passer les jours qu'il me reste avec vous.

Je vais mourir, papa, maman... C'est le Dr Edward qui me l'a dit. Je sais que ça peut paraître insensé. Mais je vous jure que c'est la vérité. Ce n'est pas qu'un cauchemar. Et depuis qu'on m'a appris la mauvaise nouvelle, le seul moment où je n'y ai pas pensé, c'est cet après-midi, pendant notre promenade en carriole. Je me sentais tellement bien. J'aurais voulu que cela ne se termine jamais.

C'est injuste. Vous veillez sur moi depuis que je suis toute petite. Vous avez droit à votre vie à deux. Je me suis souvent surprise à avoir hâte de vieillir pour pouvoir vous renvoyer l'ascenseur. Pour, à mon tour, prendre soin de vous tout en vous laissant profiter l'un de l'autre, comme tous les couples qui se retrouvent après que leurs enfants ont quitté le nid familial.

Vous n'aurez peut-être pas droit à ce privilège. Vous devrez probablement prendre soin de moi jusqu'à la fin, en éternelle enfant.

Malgré tout, même si cela peut sembler égoïste, mon seul souhait serait de rester pour toujours et à jamais votre petite fille.

LW

12

Les jours sont éreintants. Mon malaise est difficile à identifier. Je ne sais pas ce qui est dû au fait que je ne suis pas habituée à l'effort physique et ce qui est causé par la tumeur cérébrale. Mais je tiendrai le coup. Je n'ai plus envie de partir, maintenant. Pas de pause, pas de congé pour le travail au ranch. Que ce soit le temps des fêtes ou pas, il faut travailler.

— Celle-là, il faut la surveiller. Je croyais qu'elle ne passerait pas l'hiver. Elle semble aller mieux. Le vétérinaire dit qu'elle est miraculée.

— Tu vois, papa, il ne faut pas baisser les bras trop rapidement.

Nous sommes le 1er janvier. Les familles se réunissent pour se souhaiter la bonne année. Lui, il est debout depuis 5 heures pour s'occuper de ses bêtes. Je l'ai rejoint à 7 heures pour qu'il m'explique un peu ce qu'il y aura à faire les prochains mois. La liste est longue. Mais j'ai envie de le faire. Respirer cet air si pur m'aide à oublier mes maux de tête. Quoiqu'ils soient encore bien présents, on dirait qu'ils sont désormais plus tolérables. De temps à autre, je prends une petite pause pour m'éloigner du regard protecteur de mon père. J'en profite pour reprendre mon souffle. Je m'assois un instant pour donner un peu de répit à mon corps. Mes articulations endolories me donnent l'impression d'avoir vieilli de dix ans en quelques jours. S'il fallait que mon père m'aperçoive. Il me renverrait aussitôt à New York en disant que ce travail n'est pas fait pour moi. Mais je veux rester. Pas question que j'abandonne. Je ne laisserai pas mon corps malade avoir le dessus.

— J'ai oublié de te dire : ta mère a reçu un appel hier. On a trouvé un employé. Il viendra faire son tour dans quatre jours pour voir s'il aime l'endroit et le travail que j'ai à lui offrir !

— C'est formidable, papa.

— Je t'avais bien dit que tout allait finir par rentrer dans l'ordre. Je n'aurais pu espérer plus belle retraite. Ma fille qui reste avec nous au ranch et un nouvel employé pour veiller sur celui-ci.

Je prends une bonne galette de foin que je dépose dans l'auge de Jack. Je m'empresse de nourrir les moutons et je vérifie que l'eau dans les abreuvoirs n'est pas gelée. J'attrape la vieille selle de mon père, que je lorgne depuis tout à l'heure.

— Que fais-tu, Lily ?

— J'ai le goût de m'amuser un peu. C'est toi-même qui me disais que c'était comme faire du vélo. Que cela ne se perdait pas.

— Ce cheval n'a pas été monté depuis un bon moment. Je ne suis pas certain que ce soit une bonne idée.

— Essayons !

J'ouvre la grande porte en fer forgé qui retient la bête en captivité. J'attrape son licou et je l'entraîne hors de son repaire. Les bêtes autour s'affolent. Elles semblent hurler : « Pourquoi Jack peut-il sortir et pas nous ? »

En camouflant le soupir qui m'échappe lorsque je la soulève, je lance la vieille selle sur le dos de mon cheval et l'attache. Il reste calme. D'une main, je décroche la bride du vieux clou rouillé où elle gît depuis des années.

— Tu ne crois pas que tu devrais attendre la fonte des neiges ? Il peut y avoir des plaques de glace dans la prairie. Vous risqueriez de vous blesser. Toi et le cheval.

— Je n'ai pas le temps d'attendre, papa !

Je m'assure que la grande porte qui mène à la prairie est bien ouverte. Puis, je glisse mon pied dans l'étrier et je grimpe, difficilement. Mon cœur palpite. Malgré tout, je me sens vivante.

— Allez, doucement, mon beau.

Papa assiste au spectacle sans dire un mot. Il comprend que je ne suis plus une enfant maintenant. Que je prends mes propres décisions, mes propres risques.

— Tout va bien, chérie ?

Je me retourne. Papa est adossé contre la grande porte de l'écurie et me regarde m'éloigner tranquillement.

— Ne m'attendez pas pour souper.

— Reviens avant que le soleil se couche.

— Ne t'inquiète pas pour moi. Je connais ces sentiers par cœur.

De lourds flocons tombent mollement pour arrêter leur course dans le crin de Jack. Pendant des heures, on dévale les chemins de la prairie. Je me souviens maintenant à quel point j'aimais ce cheval et cette vie.

Ce qui m'angoissait, c'était de devoir partir d'ici un jour. Comme si j'y étais obligée. Pour suivre la vague. Pour faire comme tous mes amis et donner raison à ces conseillers en orientation qui nous disaient que l'on ne pourrait jamais avoir de carrière prometteuse en restant à Dawson. Comme si je ne pouvais pas vivre ici et être heureuse. Mes parents ont réussi pourtant. Ils ont su trouver la clé du bonheur dans les petites choses. Dans la neige qui virevolte au vent. Et ce lièvre qui nous regarde passer, installé sur une souche. On dirait qu'il nous salue. Ce petit ruisseau qui se croit plus fort que les glaces et qui continue de couler. La vie, c'est ici.

Je ne vois pas le temps passer. Le soleil descend au bout de la prairie qui s'étend à perte de vue.

— Il est temps de rentrer, mon vieil ami. Allez !

13

Exténuée, je rentre à l'écurie. Malgré mes yeux qui se ferment machinalement, je prends le temps de brosser mon carrosse poilu avant de le raccompagner dans sa stalle. Le cœur plus léger qu'à mon réveil, je rentre à la maison.

— Chérie, où étais-tu ? J'étais morte d'inquiétude.

— Maman, où voulais-tu que je sois ?

— La prochaine fois, tu partiras avec le walkie-talkie.

— Maman. Je vais bientôt avoir trente ans.

Elle baisse les yeux au sol.

— Excuse-moi, Lisa. Tu as raison. J'ai tendance à l'oublier parfois. Peu importe l'âge que tu as, je me fais du souci pour toi et je ne suis pas la seule. Ton téléphone n'a pas cessé de sonner. Je crois que tu devrais rappeler Rosie.

J'attrape un morceau de pain et mon cellulaire, que j'avais laissé sur la table de la cuisine. J'ai à peine le temps de me rendre à ma chambre que la sonnerie de celui-ci retentit.

— Rosie ?

— Lily… Il était temps, je t'ai laissé des centaines de messages. Est-ce que ça va ?

— Je sais, Rosie, excuse-moi. Je décroche totalement ici, il faut croire.

— Je suis contente de l'entendre…

— Tu ne devineras jamais. Mon père a racheté mon cheval.

— Jack ?

— Oui ! Je rentre justement d'une balade. C'était magique. J'ai tellement pensé à toi !

— Tu comptes toujours revenir cette semaine ?

Je reste muette un instant.

— Lily ?

— Je ne sais pas. J'ai parlé à M. Colt hier et je lui ai demandé de prolonger mes vacances jusqu'à la mi-février.

— Tu crois vraiment qu'ils pourront se passer de toi tout ce temps ? Tu es indispensable dans cette boîte. Ils ont du mal à te laisser tranquille pendant un week-end…

— Il n'y voit pas d'inconvénient.

Le silence se fait de plus en plus lourd.

— Qu'est-ce que je vais faire toute seule ?

— Ne t'en fais pas. J'ai mis de l'argent dans une enveloppe sur le frigo. Tu pourras t'organiser avec ça, en attendant.

— Je ne parle pas d'argent, Lily. Tu me manques déjà. Tu es comme ma sœur.

— Et que dirais-tu de venir passer du temps ici ? Ça te ferait du bien, à toi aussi.

— Je ne sais pas trop. On s'en reparle.

— D'accord.

Malgré la distance qui nous sépare, je ressens toute sa déception. Je passe à un autre sujet pour lui changer les idées.

— J'ai toute une histoire à te raconter, Rosie ! Tu te souviens du beau Derek, qu'on a croisé au Four Seasons ?

— Comment l'oublier ! Il t'a rappelée ?

— Non, on ne s'était même pas échangé nos numéros.

— Qu'est-ce qu'il y a alors ?

— En arrivant dans l'avion, j'ai pris place dans mon siège et devine qui était sur le siège voisin…

— NON !

Au fond d'un bon bain dans lequel j'ajoute de l'eau chaude toutes les quinze minutes, je discute comme ça avec mon amie pendant deux heures. Puis, après avoir raccroché, je me mets à m'inventer des scénarios. Je m'imagine lui avouer que je ne reviendrai jamais à New York. Qu'il me reste moins d'une année à vivre et que je compte bien la passer ici, à Dawson.

Dans un monde idéal, elle me pardonne, consciente que je n'avais d'autres options que de lui cacher la vérité. Dans le monde réel, elle me reproche de lui avoir menti sur un événement aussi important.

Il faudra bien qu'elle le sache un jour, mais le moment n'est pas encore venu. J'allonge le bras pour attraper mon journal, que j'avais pris soin d'enfouir au creux de mon peignoir. Il est devenu le secret le mieux gardé de toute la maison.

Journal de Lisa Walter
Confidentiel

Il faisait beau, ce jour-là. On était toutes les deux sur nos bicyclettes, en route vers l'école. Pour une fois, Rosie avait réussi à me rattraper parce que mon lacet s'était coincé dans ma chaîne. Elle filait à toute allure, les cheveux au vent. En arrivant au pied de l'immense côte qu'on devait escalader chaque matin pour se rendre en classe, on descendait de nos vélos pour terminer le trajet à pied. Elle devant, et moi derrière. À mi-chemin, on s'est immobilisées pour reprendre notre souffle. C'est là que je lui ai demandé pourquoi elle pleurait. Elle s'est retournée et m'a regardée, comme si j'étais une sorcière. C'est là qu'elle m'a dit que ses parents allaient sans doute se séparer.

Pas une trace de larme dans ses yeux ou sur ses joues… C'est son âme qui pleurait.

Et moi, je l'entendais…

Quand je lui ai parlé au téléphone tout à l'heure, j'ai su qu'elle se doutait de quelque chose. Je l'ai entendu dans sa voix. Elle n'avait pas la même intonation que d'habitude. Je l'entends penser. Je la devine. Je sais exactement ce que signifient chaque soupir, chaque murmure et chaque silence qu'elle laisse échapper.

Elle me manque…

J'aimerais qu'elle soit à mes côtés en ce moment, ma Rosie. J'aimerais pouvoir lui dire tout ce qui me ronge de l'intérieur, plutôt que de l'écrire dans ce stupide journal. J'aimerais lui raconter mes peurs et mes angoisses face à la mort. Parce que j'en ai beaucoup. J'ai peur de souffrir. J'ai peur du noir et du vide. Par-dessus tout, j'ai peur de ne plus jamais revoir ceux que j'aime.

Que mes parents ne se remettent jamais de mon départ...

Que Rosie ne me pardonne jamais de l'avoir laissée toute seule et de ne pas avoir trouvé comment lui annoncer la nouvelle...

Pourtant, comme tout le monde, j'ai appris à parler. J'ai une belle diction, un beau vocabulaire. J'ai toujours su m'exprimer quand venait le temps de défendre mes opinions. Pourquoi suis-je incapable de révéler à ma meilleure amie qu'il ne m'en reste plus pour longtemps et que je voudrais qu'elle m'accompagne dans les moments pénibles ?

Quand il s'agit de moi, de ce que je ressens au plus profond de mon être, c'est comme si les mots foutaient le camp, me laissant me débrouiller avec mes feuilles blanches et mes crayons.

Rosie,
Ce n'est pas tous les jours qu'on rencontre quelqu'un comme toi. Quand on a cette chance, c'est un cadeau inestimable. C'est précieux. Je voudrais pouvoir compter sur toi pour m'épauler. Et même si je suis loin d'être l'amie parfaite, je te porterai dans mon cœur jusqu'à la toute fin. J'espère qu'un jour je trouverai la force qu'il me faut

pour tout t'avouer. J'espère que je saurai mettre de côté cet orgueil qui m'empêche de dire haut et fort que, sans toi, je n'y arriverai pas. J'ai besoin que tu sois là, que tu me tiennes la main.

LW

14

La tranquillité me fait le plus grand bien. Je ne m'ennuie pas des embouteillages et des klaxons de taxis. Encore moins des gens qui hurlent dans l'espoir que ceux-ci s'arrêtent et qui blasphèment lorsqu'ils poursuivent leur course en les ignorant.

Assise au fond du grand sofa, une tasse de bouillon à la main, je respire difficilement. Je n'ai pas dormi de la nuit. Maman a bien vu que quelque chose n'allait pas ce matin. C'est elle qui m'a mise au repos forcé en blâmant mon père. Elle dit qu'il n'aurait jamais dû m'autoriser à partir sur ce cheval par temps froid alors que je n'étais pas assez habillée. Moi, je joue le jeu. Je feins la bronchite pour qu'elle ne se doute de rien. Si elle savait que le simple fait de déblayer mon escalier, à New York, me vide de toute mon énergie !

Bien emmitouflée dans une couverture de laine, j'écoute les chuchotements du vent qui siffle à travers les cadres de fenêtres mal isolés. Tout ce qu'on entend, c'est l'aiguille qui se déplace sur la vieille horloge et le crépitement du feu que papa a allumé dans la cheminée pour nous garder au chaud, maman et moi.

Elle ne me voit pas la regarder depuis de longues minutes. Elle est beaucoup trop concentrée sur ses deux aiguilles à tricoter. Minutieuse, elle prépare des pantoufles, des mitaines, des bas, des foulards et des tuques pour tous les enfants qu'elle a eu le bonheur d'accueillir ici à Noël. Elle a toujours aimé faire plaisir.

Le seul moment où elle baisse les armes, c'est pour jeter un œil sur papa, qui est en train de déblayer la galerie qui fait le tour de notre maison, ou pour prendre une gorgée de son chocolat chaud.

Sans me mettre en contexte, comme elle le fait toujours, elle brise le silence auquel on s'est habituées, ce qui me fait sursauter.

— C'est aujourd'hui qu'il arrive, dit-elle en se berçant.

— Qui ça, maman ?

— L'employé de ton père ! Il devrait être là d'ici une demi-heure. Il va s'installer chez nous. Tu n'y vois pas d'inconvénient ?

— Elle est tellement grande, cette maison. À moins qu'il soit un tueur en série, ça mettra un peu de vie ici !

— Tu as bien raison.

Elle retourne à son tricot.

Je lève les yeux un instant et fixe cette vieille photo qui trône depuis des années juste au-dessus de l'âtre. Ils étaient jeunes. Ils venaient tout juste de se marier. Je n'étais pas encore née. Je ramène mon regard admiratif vers elle.

— Je peux te poser une question, maman ?

— Bien sûr !

— Comment faites-vous, papa et toi ?

— Qu'est-ce que tu veux dire ?

— Comment faites-vous pour ressentir encore autant d'amour l'un pour l'autre, après toutes ces années ?

Elle dépose ses lunettes et ses aiguilles en souriant. Elle se lève tranquillement et vient s'asseoir près de moi dans le grand sofa. Elle se glisse sous la grosse couverture de laine et enroule ses bras réconfortants autour de moi, malgré les microbes qu'elle croit que j'ai attrapés. Une maman, c'est immunisé !

Elle aperçoit papa par la fenêtre. Ses yeux s'illuminent.

— C'est de ça que je parle. Le simple fait de poser ton regard sur lui semble te ravir !

— Tu sais, ton père et moi, ça n'a pas toujours été facile. Quand on s'est connus, tout le monde me disait que je passerais ma vie dans un ranch, à préparer les repas en attendant que mon mari revienne de l'étable, tard le soir, souillé et fatigué. Qu'il allait se promener avec ses grosses bottes sales sur les beaux planchers que je me serais échinée à cirer. Je leur disais qu'il n'était pas comme ça. Ton père est fier. On a toujours eu énormément d'admiration et de respect l'un envers l'autre. La première fois qu'on s'est vus, j'ai tout de suite su que c'était le bon. Je ne dis pas que c'est toujours comme ça que ça se passe. Ça n'a pas toujours été un conte de fées. L'année où je suis tombée enceinte de toi, dame Nature a décidé de nous envoyer des semaines de canicule. Tout le comté a été privé de ses récoltes. On a perdu plus de la moitié de notre troupeau. On se demandait comment on allait faire pour s'en sortir. Puis, tu es arrivée. Lorsqu'il t'a prise dans ses bras, il m'a regardée et m'a dit en pleurant: « Tout va bien aller. » Tu étais là, ma fille, dans les bras du plus merveilleux papa que j'aurais pu imaginer pour mon enfant. L'amour a été plus fort que tout. Aujourd'hui, il peut finalement jouir de la vie. Le travail sur la terre ne l'a pas trop éreinté. Et il peut maintenant besogner à son rythme.

Elle se détourne et le regarde encore une fois.

— Et j'ai toujours autant d'admiration pour cet homme bon et travaillant. J'espère simplement que le Seigneur sera juste et nous gardera en vie très longtemps, qu'on puisse profiter de notre fille. Et qui sait, de nos petits-enfants !

Ces derniers mots résonnent en moi comme un coup de fusil. Elle me serre très fort dans ses bras.

Je devrais lui dire ! Non, maman… Je ne pourrai jamais te donner ce bonheur. Cela n'arrivera pas. Lorsque tu seras debout à côté de mon lit d'hôpital en tenant ma main dans la tienne, ce sera pour me laisser partir, pas pour accueillir ton premier petit-enfant. Tu n'auras pas cette chance, maman.

Tu ne pourras pas bercer pendant des heures le petit être à qui j'aurais donné la vie.

J'allais le lui dire… C'est le carillon de la porte d'entrée qui vient nous distraire et me sauve la peau.

Elle sursaute.

— C'est lui ! Ton père n'est pas encore revenu.

— Va lui ouvrir, maman !

Elle se lève, traverse le salon en direction de la porte d'entrée qui laisse entrevoir la silhouette d'un homme.

— Pourrais-tu prendre le walkie-talkie et demander à ton père de nous rejoindre, s'il te plaît ?

Je m'exécute.

Elle ouvre la porte.

— Bonjour, madame Walter ?

Je reconnais cette voix.

— Vous êtes monsieur Freeman, je présume ?

15

Je laisse échapper le walkie-talkie, sous le choc. Le bruit qu'il fait en tombant sur le sol attire leur attention, et ils se tournent vers moi.

— Chérie, ça va ?

— Oui, maman, pardon.

Il s'écrie :

— Lisa ?

— Derek !

Ma mère s'étonne :

— Vous vous connaissez ?

Je suis probablement déjà morte. Je n'en crois pas mes yeux. Comment est-ce possible ?

— Que fais-tu là ?

— Je pourrais te demander la même chose, mais j'en conclus que tu es la fille de mon nouveau patron…

Maman ne comprend rien de ce qui se passe. Elle est simplement témoin d'un échange entre deux personnes visiblement surprises de se revoir, encore une fois, par je ne sais quel hasard.

— Il faudra m'expliquer !

Papa entre et se retrouve au beau milieu du brouillard de confusion qui flotte dans la maison.

— Derek et moi, on s'est rencontrés à New York la veille de mon départ.

Il enchaîne :

— Oui, et on s'est retrouvés par hasard dans le même avion, assis l'un à côté de l'autre. Oh ! En passant, enchanté, monsieur Walter. Je suis Derek Freeman. Je vous ai parlé au téléphone un peu plus tôt.

Les mots se bousculent. On essaie de tout dire en même temps. Cette situation est assez embarrassante. Et plutôt déstabilisante. Heureusement que mes parents font tout pour nous mettre à l'aise.

— Eh bien ! Les présentations sont déjà faites, à ce que je vois ! Bienvenue chez nous, monsieur Freeman. Prenez la soirée pour vous installer et je vous montrerai le travail qui vous attend demain. Ce soir, on fait connaissance !

Maman revient à la charge :

— Avez-vous faim ? Pourrais-je vous offrir quelque chose à boire ?

— Pas pour l'instant, madame Walter, c'est vraiment gentil.

Maman revient dans ma direction, tout sourire. Je tente de reprendre mes esprits et de démontrer un peu moins d'enthousiasme à l'idée que Derek emménage avec nous. Elle s'approche de moi et me dit à l'oreille :

— C'est un beau garçon ! Il semble poli et bien élevé, par-dessus le marché.

— Maman…

Elle lève le ton d'un cran :

— Lisa, voudrais-tu conduire M. Freeman à sa chambre et l'aider à porter ses affaires, s'il te plaît ?

— Je suis juste à côté, maman, pas la peine de crier !

Elle regarde papa et lui lance un regard satisfait et approbateur. Gênée, je fais signe à Derek de me suivre à l'étage. Il enlève son manteau et ses grosses bottes de travail.

— Laissez, monsieur Freeman. Je vais ranger tout ça !

— Merci, madame Walter. Mais, à partir de maintenant, je vous ordonne de m'appeler Derek, dit-il d'un ton moqueur.

— Dans ce cas, je vous ordonne de m'appeler Elizabeth.

Je le laisse passer devant. De ses gros bras, il soulève sa valise, qui semble peser une tonne. C'est normal, il emménage. Dans sa situation, j'aurais probablement eu besoin de deux camions pour tout emporter.

J'aurais une foule de questions à lui poser. Par quoi pourrais-je commencer ? Je me demande ce qui fait qu'il a décidé de rester en Iowa au lieu de retourner à New York. Et le Four Seasons ? Pourquoi s'est-il retrouvé chez nous pour travailler ? Il y a des limites à ce que le destin peut nous envoyer comme signes de la vie. Toutes sortes de scénarios se promènent dans ma tête souffrante. Celui qui prédomine, c'est que Derek est un genre de psychopathe qui a fait de moi sa victime. Si ça se trouve, il me suit depuis des mois, voire des années. Il sait tout de moi. Où j'habite, d'où je viens et ce que je mange le matin.

Dans le pire des cas, il me tuera d'ici quelques mois, le temps que mes parents s'attachent à lui, pour éloigner tout soupçon. Il m'enterrera dans le jardin derrière la grange. Mes parents émettront un avis de recherche et ce n'est que l'été suivant que ma mère découvrira un de mes membres en allant cueillir ses concombres.

Peut-être est-il déjà au courant que je n'en ai plus pour bien longtemps ! Il veut s'arranger pour que je tombe follement amoureuse de lui d'ici un an. Le gentil Derek sera celui qui m'aura accompagnée à travers ma maladie, en bon criminel. Puis, il aura le champ libre. Il pourra s'enfuir avec le montant de mon assurance vie et la reconnaissance de mes parents, par-dessus le marché !

Un autre de ces scénarios, celui que j'espère être le bon, c'est que l'on est simplement faits pour être ensemble. Que dans la grande loterie de la vie, les probabilités me sont favorables, pour une fois ! Le gros lot du Powerball.

Je me rejoue les événements en accéléré. J'arrive au Four Seasons avec Rosie. On aperçoit ce bel inconnu à l'entrée. Je fais semblant qu'il est avec nous et je l'embrasse afin qu'il puisse se faufiler à l'intérieur, ne sachant pas qu'il est copropriétaire de l'endroit. Ensuite, on se perd de vue. Il nous offre une bouteille de champagne, puis à moi, une chanson de Bon Jovi; on s'embrasse, volontairement cette fois-ci. Ensuite, on se perd de vue à nouveau. Le lendemain, je me retrouve assise à côté de ce même inconnu, de moins en moins inconnu. Dans le même avion, on se dirige inévitablement vers la même destination. Puis, on se perd de vue pour la troisième fois. Quelques jours plus tard, il emménage dans le même village, dans le même ranch et, de surcroît, dans la même maison que moi. Si je voyais cette scène dans un film, je trouverais que le scénario est tiré par les cheveux. Quand je vais raconter tout ça à Rosie…

Difficilement, Derek amorce sa montée dans l'escalier trop étroit pour son chargement.

Il s'immobilise au beau milieu, dépose ses valises dans les marches et se retourne tranquillement. Pour cacher la fatigue de ses bras, il s'attarde un instant sur les cadres que mon père a accrochés au mur menant au deuxième étage. Gênée, je fais semblant que je n'étais pas en train d'admirer ses fesses, que je devine à travers son jeans moulant. À mon tour, j'observe l'album photo mural pour qu'il ne remarque pas mon visage où a afflué d'un coup tout le sang que j'ai dans le corps.

— Vous vieillissez en beauté, mademoiselle Walter.

— Avoue que tu t'es arrêté parce que tes bras n'en pouvaient plus. Mais je te remercie pour le compliment.

Pour une fois, je suis assez d'accord avec son affirmation.

Je renchéris :

— Je trouve aussi. J'étais à la mode dans ce temps-là. Avant que ma garde-robe ne s'emplisse de chemisiers et de tailleurs.

— Je trouve ça sexy, une femme en tailleur.

À nouveau, je rougis. Son charme est désarmant. Si ce n'était de mes parents, qui nous espionnent du coin de l'œil, je l'embrasserais sur-le-champ.

Il se retourne, reprend sa valise, respire un grand coup et continue sa montée. J'ai bon espoir que nous finirons par arriver à destination.

Le bois craque sous nos pas, pourtant légers. Le plus troublant, c'est qu'il se dirige tout droit vers la bonne porte, sans jamais avoir mis les pieds ici, ce qui me ramène au scénario numéro un. Il s'agit d'un psychopathe qui a fait de moi sa victime.

Instinctivement, je lève les yeux au plafond, question de m'assurer qu'il n'a pas préalablement installé de caméras.

Je le suis vers la porte, tout au fond du couloir. Sa chambre est située juste à côté de la mienne, ce qui risque d'amplifier mon insomnie. À moins qu'il vienne me border chaque soir, juste avant de se mettre au lit.

— Alors ?

Brusquement, je reviens à la réalité. Je le regarde d'un air perplexe. Comme si l'on sortait d'un premier rendez-vous et qu'il venait de me demander : « Alors, on fait ça chez toi ou chez moi ? »

Je reprends mes esprits en réalisant que la vraie question qu'il se pose, c'est : « Où est ma chambre ? »

— Tu es dans la bonne direction. On dirait que tu as déjà vécu ici.

S'il est vraiment ici pour me tuer, je devrais me faire plus maligne, moins transparente.

— C'est simplement que ton nom est écrit sur cette porte. Je me suis dit que l'autre serait sans doute la mienne. À moins que tu veuilles que je partage ta chambre, ajoute-t-il avec ce sourire en coin qui me fait craquer.

Je baisse les yeux, nerveuse. Là-dessus, il m'a cassée. Je le devance et pousse la porte de la pièce que ma mère utilisait pour faire de la couture à l'époque. Je ne savais même pas qu'elle y avait mis un lit. Surprise, je découvre le nouvel aménagement. Un décor digne d'une revue de déco.

— Wow, je suis gâté !

— Si tu avais vu de quoi avait l'air cette pièce lorsque j'étais enfant ! Je dois dire que ma mère a fait du bon boulot !

Avec l'élan d'un joueur de base-ball, il lance ses bagages sur le lit, qu'il contourne ensuite pour se familiariser avec son environnement. Adossée au mur, je le regarde prendre ses aises, puis me rends compte que je suis peut-être de trop.

— Excuse-moi. Je te laisse t'installer.

Il s'étend d'un bond à côté de sa valise.

— Tu ne me déranges pas du tout, Lily. Par contre, je prendrais bien une douche avant le souper. Tu peux me dire où est la salle de bain ?

— À l'autre bout du couloir. Fais comme chez toi, les serviettes sont dans l'armoire juste à côté du lavabo.

Je m'enfuis avant qu'il me demande si j'ai envie de l'accompagner.

— Hey !

— Oui ?

— Je ne pouvais espérer mieux comme situation.

Mille et une questions se bousculent dans ma tête. Qu'est-ce qu'il peut bien faire ici ? Pourquoi a-t-il décidé de ne pas retourner à New York, alors qu'il vient tout juste d'y investir une fortune ?

Cette fois-ci, c'est bon. Il échappera à l'interrogatoire. Mais il devra un jour ou l'autre fournir des réponses à mes questions.

— Tu nous rejoins pour souper ? dis-je avec un sourire nerveux.

Il acquiesce d'un petit signe de tête. Je descends l'escalier sans m'arrêter. Maman est déjà en train de préparer la table pour le repas. On échange un regard rapide. J'enfile mon manteau, je ramasse mon portable et je file tout droit à l'extérieur. Ma difficulté à respirer est soudainement revenue. Je dois prendre l'air, j'ai besoin de marcher. Et il faut absolument que je parle à Rosie.

16

L'air est doux. L'hiver est clément. Pour une fois, il ne me dérange pas.

Une petite neige tombe du ciel. Le vent a vite fait de se débarrasser des traces du camion de Derek, qui est ici depuis une heure à peine. J'essaie de les suivre. Inconsciemment, je me retourne et marche à reculons, regardant vers la maison.

Au deuxième étage, à travers la vitre embuée de la salle de bain, j'aperçois sa silhouette. Jusqu'à ce que je remarque sa main, que j'imagine virile, se poser contre le carreau. Les mouvements circulaires qu'elle effectue me laissent discerner un visage. Le sien. Je m'immobilise. Il m'observe pendant de longues secondes. Puis, je tourne les talons et poursuis ma route. Soudainement, je me concentre sur ma façon de marcher. Est-ce qu'il la trouve sexy ? Je m'efforce de ne pas trébucher et rouler dans la neige. Je souris. Je n'ose pas vérifier, mais je sens qu'il est encore là, à me regarder m'éloigner entre la rangée d'arbres menant à la route.

Ma tête et mon corps s'emballent lorsque je me mets à imaginer l'eau chaude ruisseler sur sa peau, sous la douche. Je reprends mes esprits.

— Allô.

— Rosie ?

— Lily, comment vas-tu ?

— Je ne sais pas quoi te dire. C'est Derek.

— Laisse-moi deviner. Tu penses à lui depuis que vous vous êtes revus dans l'avion. Tu regrettes de ne pas lui avoir demandé son numéro.

— Il est ici, Rosie.

— Quoi ?

— C'est lui, le nouvel employé de mon père.

— Ce n'est pas vrai !

— Je te jure, Rosie. Pourquoi voudrais-tu que j'invente une chose pareille ?

Visiblement, je m'énerve puisque Rosie me coupe la parole :

— Calme-toi, Lily. Tu parles tellement vite. Vous vous êtes vus ? Il t'a parlé ?

— Je viens de l'installer dans la chambre à côté de la mienne. Il va vivre ici, Rosie… Il est présentement dans la douche.

— C'est impossible ! Il ne vit pas à New York ? Est-ce qu'il savait que c'était le ranch de tes parents ? Je veux dire… Des Walter, il n'en pleut pas non plus à Dawson.

— Je ne crois pas qu'il était au courant de quoi que ce soit. Il a eu l'air aussi surpris que moi. Et que dire de mes parents, qui se sont retrouvés au beau milieu de cette situation !

En m'éloignant de la maison, je réalise que la batterie de mon portable est sur le point de lâcher. Je devrai bientôt faire demi-tour et rentrer. Rosie et moi en venons à la conclusion que je dois aller au bout de cette histoire. Je suis consciente que l'expression ne veut probablement pas dire la même chose pour elle que pour moi. Quoi qu'il en soit, j'acquiesce.

Avant de raccrocher, je lui promets de la tenir au courant des développements chaque jour.

— N'oublie pas de m'appeler. Je veux tout savoir, dans les moindres détails.

Elle termine sa phrase juste à temps. Mon portable s'éteint sans que nous ayons le temps de nous dire au revoir.

17

Toute seule, j'ai continué à marcher sans m'en rendre compte, jusqu'à ce que, épuisée, je sente mes jambes flancher sous le poids de mon corps, qu'elles portent comme un fardeau depuis un certain temps. C'est mon père qui m'a repérée et qui me ramène maintenant à la maison, inquiet, en me supportant d'un de ses bras autour de ma taille, le mien sur son épaule.

Je crois bien avoir passé deux heures assise sur un banc, à deux doigts de l'hypothermie.

— Est-ce que tu as trouvé un employé pour le ranch, papa?

Il ne répond pas, bouleversé par mon état.

En ouvrant la porte, j'aperçois Derek à la table de la cuisine avec ma mère, qui semble morte d'inquiétude elle aussi.

Je n'ai pas rêvé. Tout cela est donc bien réel.

— Lisa, on a fait les cent pas pendant une heure. Que s'est-il passé?

— Je crois que je me suis endormie sur le banc au bord de la route.

— Elle était presque inconsciente lorsque je suis arrivé, dit papa.

L'œil soucieux, Derek se lève et se rend au poêle du salon pour récupérer la bouilloire pendant que mon père m'aide à me dévêtir.

— Tiens, prends ça. Cela te réchauffera un peu.

— Merci, Derek.

— Lisa, tu dois te reposer. Il est hors de question que tu travailles au ranch avant de t'être remise sur pied.

— Mais, maman…

Elle m'arrête.

— Pas la peine de discuter. Ton père et Derek s'occuperont de tout.

— Je prendrai bien soin de toi, ajoute Derek.

Maman se lève, se dirige vers la cuisinière et ouvre le couvercle de sa mijoteuse, d'où se dégage un parfum délectable. L'odeur du vin rouge et du clou de girofle me rappelle mon enfance. Un bouilli de bœuf. Mon repas préféré. Mais je n'ai pas faim, le mal de cœur se faisant sentir de plus en plus souvent.

Le charmant revient à la charge :

— Ça sent vraiment bon, madame Walter, lui dit-il pendant qu'elle enlève son tablier.

Elle le prend et lui en administre un bon coup.

— Je t'ai dit de m'appeler Elizabeth !

Les scénarios reprennent dans ma tête. Et si papa et maman avaient engagé Derek bien avant mon retour et qu'ils avaient manigancé pour l'envoyer à New York, question de me ramener au bercail ? Tout cela m'étourdit et me donne le goût de vomir. Je ne comprends plus ce qui se passe dans ma vie.

C'est vrai… C'est impossible qu'on se soit retrouvés par hasard côte à côte dans le même avion, le lendemain de notre première rencontre. À moins que tout cela n'ait été préalablement arrangé.

Maman insiste pour que je reste assise pendant qu'elle nous sert le repas. Comme si j'étais déjà à l'article de la mort. Plus personne ne parle. Je ne peux m'empêcher de le regarder, subtilement. Il semble distingué. Il est poli. Il est beau comme un dieu grec. Pourquoi est-il célibataire ?

Mon côté rationnel prend le dessus. Calme-toi, Lily. Tu ne peux pas tomber amoureuse de quelqu'un en sachant très bien que tu n'as même plus une seule petite année à lui offrir. Ce serait égoïste.

Comme si j'avais le contrôle là-dessus.

Même si l'appétit n'y est pas, je m'efforce de manger. Maman s'est donné tout ce mal pour préparer le repas.

Comble de compatibilité, on dit au même moment :

— C'est délicieux, maman.

— C'est délicieux, Elizabeth.

On se regarde. Il est assis juste en face de moi. Papa et maman sont à chaque extrémité de la table de la cuisine.

— C'est fait avec amour, lance-t-elle.

Une fois le repas terminé, papa se lève et se dirige au salon pour remettre du bois dans l'âtre. Maman s'empresse de ramasser nos assiettes vides et Derek l'en empêche.

— Laissez, Elizabeth. Je m'occuperai de tout. Allez vous détendre. Lisa a besoin de repos. Et vous, vous en avez assez fait pour aujourd'hui.

Elle obéit.

Voyant que je suis encore faible, elle m'aide à me relever et nous passons au salon. Mon père s'installe par terre, juste devant la chaise berçante de maman. Il dépose doucement sa tête sur ses genoux. Elle, de ses doigts menus qui ont travaillé si fort, joue dans ses cheveux. Ils ne parlent pas. Ils ne font que fixer le feu qui crépite et qui leur offre chaleur et réconfort.

Après avoir terminé de ranger la cuisine, Derek vient nous rejoindre au salon. Il s'assoit juste à côté de moi, s'approche de mon cou et me dit tendrement à l'oreille :

— Ils sont beaux.

— Tu as raison.

— À voir à quel point ils sont heureux, ça nous donne presque le goût de vieillir.

Mes yeux s'inondent. Je sais que ça devrait être un privilège de vieillir aux côtés de la personne que l'on aime. Mais je n'aurai jamais cette chance.

— Ça va, Lisa ? Est-ce que j'ai dit quelque chose qu'il ne fallait pas ?

— Non, ne t'en fais pas. Ça me touche beaucoup, ce que tu viens de dire. Tu es une belle personne, Derek Freeman. Mais dis-moi, pourquoi es-tu revenu vivre ici ? Qu'est-ce qui a bien pu te pousser à ne pas retourner à New York ? Un coup de tête ?

Il hésite et réplique :

— Et toi ?

Sa réponse brève veut tout dire. Pourquoi devrait-il répondre à cette question que j'évite moi-même depuis mon retour ?

Maman nous lance une couverture de laine. En dessous de celle-ci, je sens sa cuisse chaude se coller contre la mienne. Je suis bien.

Papa, lui, s'est endormi. Maman sait qu'elle n'a qu'à stopper le mouvement circulaire de ses doigts sur son crâne pour qu'il se réveille. Elle continue.

On fixe le feu pendant plusieurs minutes avant que Derek chuchote :

— On est bien chez vous.

— Tu y es comme chez toi, ajoute maman.

— Je pourrais fixer un feu pendant des heures sans me lasser, dis-je d'une voix éteinte.

Derek raconte :

— Quand j'étais adolescent, je passais mes fins de semaine entières autour d'un feu, avec une guitare.

— Tu joues de la guitare ?

— J'ai joué et chanté dans un groupe lorsque j'étais adolescent. Mon rêve, c'était d'enregistrer un album.

Cet homme sort tout droit d'un film, c'est sûr. Il a appris la technique du parfait séducteur. Quoi encore ? Il va me composer une chanson, juste pour moi, pour me demander en mariage ?

Évidemment, il précise :

— J'écris d'ailleurs mes propres chansons !

Maman et moi avons aussitôt le même réflexe. Nos regards se tournent vers la vieille guitare de mon père, qui repose sur son trépied, dans le coin du salon.

— Non ! Non !

— Allez, Derek, s'il te plaît, dis-je en me levant pour récupérer l'instrument et le lui imposer.

Ma mère arrête le mouvement de ses doigts. Elle ne voudrait pas que papa rate le spectacle. Instantanément, celui-ci ouvre les yeux et tourne légèrement la tête pour apercevoir Derek, sa guitare sur les genoux. Il déclare d'une voix rauque :

— Ne me dites pas qu'il y a enfin quelqu'un qui va faire résonner ce vieux caisson de bois !

À la lueur du feu, Derek chante doucement *Dust in the Wind.* Sa voix est troublante. Émue, je m'attarde aux paroles de la chanson pour la première fois. J'en conclus que c'est un peu ce que nous sommes. De la poussière dans le vent.

Je prends une grande respiration et profite de chaque seconde qui passe. Tout ce qui manque à ma vie, en ce moment, c'est Rosie. Ainsi, je ne pourrais être mieux entourée pour vivre cette dernière année.

Après deux heures de spectacle, le cœur rempli, on monte à l'étage pendant que papa mélange les braises et ajoute une grosse bûche qui devrait nous garder une belle chaleur pour la nuit.

— Bonne nuit, papa, bonne nuit, maman.

— Bonne nuit à vous deux. Dormez bien.

Derek intervient :

— Merci pour cet accueil, Elizabeth et…

— Bill.

— Bill, merci de votre confiance. Je ne vous décevrai pas !

18

Tranquillement, mes muscles endoloris se détendent. Je n'ai jamais autant apprécié le réconfort de mon bain. Je me trouve dans un état second. Je masse mes jambes, faisant abstraction de la douleur qui s'intensifie à la hauteur de mes cuisses. Des ecchymoses. Il doit bien y en avoir une dizaine. J'ai dû me cogner en montant à cheval.

Une vingtaine de minutes plus tard, j'en ressors et enfile une robe de chambre.

J'éteins la lumière de la salle de bain pour me rendre à tâtons jusqu'à ma chambre, en prenant soin de ne pas me heurter une fois de plus contre un objet. J'aurai bientôt l'air d'une martyre.

La porte de Derek est entrouverte. Tout ce que je vois, c'est la lueur de la petite lampe que ma mère a posée près de son lit et qui projette sur le mur sa silhouette imposante.

Le vieux plancher craque sous mon poids. Il a sans doute remarqué que le son de mes pas s'est arrêté juste devant sa porte. Je l'entends chuchoter au téléphone. Trop bas pour que je comprenne la conversation.

Je sursaute lorsqu'il me demande:

— Tu veux entrer?

Je pousse la porte et l'aperçois, debout à côté de son lit. La vue de son torse musclé dans son t-shirt moulant m'intimide. Lui n'a manifestement aucun scrupule. Il me fait face, il s'expose. Je fais semblant de ne pas regarder.

— Désolée, Derek, je n'écoute pas aux portes. Je passais juste te souhaiter une bonne nuit. Je ne cherchais surtout pas à envahir ton intimité.

— Ne t'inquiète pas, Lily. J'étais simplement en train de rassurer ma grand-mère. Elle voulait que je lui donne des nouvelles de ma première journée ici.

— Et puis, que lui as-tu dit?

— Que je ne pouvais pas demander mieux et que mes employeurs semblaient très sympathiques. On ira la voir si tu veux un de ces quatre!

— Tu lui as parlé de moi?

— Évidemment, qu'est-ce que tu crois...

Je rougis.

— J'en serais ravie. Allez, bonne nuit!

Je retourne à ma chambre, épuisée mais inspirée. Avant de m'enfouir au creux des draps desquels émane un parfum de lessive fraîche, je soulève mon matelas pour y attraper mon journal. J'ai bien peur de ne pas avoir assez de pages pour me vider le cœur ce soir. Il se fait tard, heureusement. Sinon, c'est un roman que je pourrais écrire.

Une heure durant, le sourire aux lèvres, je noircis les pages blanches à l'encre rouge, couleur de l'amour. Comme si j'étais adolescente à nouveau.

Journal de Lisa Walter
Confidentiel

Je n'ai jamais connu ma grand-mère maternelle. Mais je sais à quel point c'était une femme aimante. Ma mère m'a souvent parlé d'elle. Tous les soirs avant d'aller au lit, elle me faisait réciter une prière pour grand-maman. Elle me l'a décrite dans les moindres détails. Quand je ferme les yeux, je l'imagine belle et grande. Avec une longue chevelure dorée qui descendait jusqu'au milieu de son dos.

Elle adorait la musique. Elle pouvait passer des heures à cuisiner. Par-dessus tout, elle aimait ses enfants et son mari. Ma mère a hérité de ses plus belles qualités. Mon grand-père l'a rencontrée lors d'une soirée dansante. Quelques mouvements du bassin ont suffi pour qu'elle tombe sous le charme de ce gentil garçon. Rapidement, ils se sont mariés et ont décidé de fonder une famille. Ils croyaient bien pouvoir vivre heureux ensemble et voir grandir leurs enfants. Mais le destin en a décidé autrement. Une pneumonie. C'est ce qui l'a emportée.

Alors qu'il avait à peine quarante ans, mon grand-père s'est retrouvé seul. Il n'a jamais pu refaire sa vie. Il a essayé de rencontrer d'autres femmes quelques années après le départ de grand-maman. Mais il disait qu'elles n'étaient pas comme elle. Que personne ne pouvait la remplacer. Il a préféré rester seul, à attendre le jour où il pourrait enfin la rejoindre pour l'éternité.

J'ai toujours eu l'impression qu'il était triste, grand-papa. Son regard semblait vide et éteint. Dans les réunions de famille, il restait à l'écart, tout seul dans son coin, à nous regarder faire la fête. On aurait dit qu'il attendait la mort.

Ce jour est arrivé. Il est parti lorsque j'avais environ vingt ans. Il est allé retrouver sa tendre épouse, qu'il avait tant espérée durant toutes ces années, seul dans leur grande maison.

Aujourd'hui, je le comprends.

Il y a pire que la mort, je crois. Il y a les départs. Ces journées sombres où, d'un signe de la main, on doit dire adieu à quelqu'un qu'on a aimé, tout en restant là, à attendre le prochain train.

Je ne ferai pas vivre une situation aussi horrible à Derek...

Je ne connais rien de ses sentiments, mais j'ai de fortes intuitions.

Le moment était parfait. La guitare au coin du feu, avec mes parents qui assistaient à ce spectacle. Il a tout pour plaire. Tout pour que je m'accroche et que j'aie envie de lui ouvrir mon cœur. Mais, il doit rester fermé à clé.

Je ne sais trop par quel miracle il a débarqué chez nous. L'instant d'avant, je n'avais aucune idée de son existence et nous voilà tous les deux vivant sous le même toit.

S'il devait s'attacher pour ensuite me voir mourir d'ici quelques mois... Il pourrait passer le restant de ses jours à espérer le moment où il viendrait me rejoindre, comme mon pauvre grand-papa…

Je ne peux pas, ça c'est certain.

Je ne peux pas gâcher sa vie…

Je ne peux pas tomber en amour…

Lui non plus…

LW

19

Il n'est que 5 h 30 du matin.

— Debout, paresseuse !

— Déjà ?

— L'avenir appartient à ceux qui se lèvent tôt, dit-il.

Les derniers jours m'ont permis de me remettre sur pied. J'avais tellement hâte de rejoindre Derek et papa au ranch que j'ai tout fait pour aller mieux. Le soleil n'a pas encore entamé sa levée. La seule lumière que l'on distingue provient d'une applique murale du corridor, à la sortie de ma chambre. Mes yeux s'habituent peu à peu à celle-ci. J'aperçois le beau, dans l'embrasure de la porte. Il est déjà habillé et prêt à commencer sa journée de travail.

— Puis-je entrer ?

— Une minute !

Je relève les draps et me secoue les cheveux un peu, sans exagérer. Je ne connais personne qui soit vraiment présentable en se réveillant. Il ne faudrait tout de même pas qu'il pense que je me fais belle pour lui !

De son genou, il pousse la porte, s'approche de mon lit et y dépose un plateau.

— Bon appétit, mademoiselle Walter!

Je remarque l'extraordinaire déjeuner. Des rôties, un bol de fruits, un gruau et un jus d'orange fraîchement pressée.

— C'est bien ma mère, ça. À 5 h 30 du matin, elle a déjà tout préparé.

La mine satisfaite, il répond:

— Non, Lisa. Tes parents font la grasse matinée, il faut croire. Ils ne sont pas encore debout.

— Tu veux dire que tu as fait tout ça?

À 5 h 37, je viens de vivre deux premières! C'est la première fois que je vois mes parents profiter de leur matinée et la première fois que l'on me sert le petit-déjeuner au lit. Je sens que ce sera une belle journée! Fier de son coup, Derek retourne à sa cuisine. S'il accueille mes parents de la même manière, je l'épouse!

Dans le confort de mon lit, je savoure cet instant de grâce que Derek m'a permis de vivre. Le vent siffle contre la fenêtre. J'éprouve un grand bien-être.

J'émerge tranquillement. Je me lève, je m'habille et j'attrape le plateau, vidé de son contenu. Je me sens d'attaque, aujourd'hui. J'attendais ce moment.

En arrivant au bas des marches, je constate, d'un côté, que Derek s'affaire à allumer le feu dans la cheminée et, de l'autre, qu'il a dressé une magnifique table. Chose promise, chose due: je devrai le marier.

Le soufflet en main, il me regarde.

— Bonjour, Lisa.

— Derek, tu as tout préparé, tu n'étais pas obligé...

— Et j'y ai pris beaucoup de plaisir. C'est pour cela que je suis ici. Pour leur faciliter la vie !

— Tu ne peux pas savoir à quel point ils apprécieront.

Je dépose le plateau sur le comptoir, tout près de l'évier. Il a même laissé la cuisine dans un état impeccable.

— Es-tu prêt à commencer ?

— Oh oui !

J'attrape un calepin et un crayon pour laisser un petit mot aux parents, que je glisse sous la tasse de café de papa.

Bonjour,
Je vois que vous avez bien dormi. Profitez bien de ce petit-déjeuner pour lequel je ne peux avoir aucun crédit. Derek a tout préparé. Il veut devenir l'employé du mois, je crois.

Papa, prends ton temps. Nous sommes au ranch. Rejoins-nous quand tu seras prêt !

20

J'ai l'impression que c'est le premier matin d'une nouvelle vie. Une vie que je voudrais voir durer longtemps même si je sais que le temps presse. L'année vient tout juste de commencer, je sais. Mais elle achève en même temps. Le compte à rebours continue. Je regarde Derek passer devant. Tel un chien fidèle à son maître, je marche dans les traces de pas qu'il laisse dans la neige. Je me surprends à nous imaginer vieux, nous rendant au ranch chaque matin. Aussi bien rêver puisqu'il n'y a qu'en pensées que mes cheveux blanchiront.

Il pousse l'imposante porte de l'écurie principale. L'odeur qui émane de l'endroit m'est familière. C'est celle du foin et de la moulée.

Enfant, j'attendais que mon père pousse la grande porte, trop lourde pour ma menue taille, et je me faufilais entre ses jambes pour courir voir les chevaux et leur tendre un peu d'herbe de ma petite main, pendant que mon père vaquait à ses besognes. Je me retiens pour ne pas faire pareil aujourd'hui. Premièrement, parce que je suis ici pour travailler maintenant. Deuxièmement, parce que Derek me trouverait étrange de me faufiler entre ses jambes !

— Alors, on fait quoi d'abord, madame la patronne ?

Je souris.

— Vraiment, je suis ta patronne ?

— C'est chez toi, ici ! Tu es la fille du patron, ce qui nous met dans un rapport professionnel, mademoiselle Walter.

— Alors, tu feras tout ce que je demande ?

— Enfin, presque tout…

Lisa Walter, la reine du malaise. Je me retourne et lui montre la pelle et la fourche, toutes deux accrochées au mur, à côté de la stalle de mon beau Jack.

— Comme dirait mon amie Rosie, tout ce qui monte finit par redescendre ! Alors tout ce qu'on mange…

Il me coupe la parole :

— Finit par ressortir, je présume ?

Il est perspicace. Il comprend tout de suite que je vais le laisser faire le sale travail pendant que moi je vais brosser mon cheval.

Il s'exécute.

Il ouvre la grande porte de derrière, ce qui laisse entrer un courant d'air. Cet air doux d'un mois d'avril. On est pourtant au début de janvier. Le soleil plombe sur l'immense prairie enneigée et se glisse à l'intérieur, de chaque côté de Derek, qui s'est arrêté un instant sur le seuil de la porte pour admirer le paysage. Son ombre imposante se rend jusqu'à mes pieds.

Je me répète sans cesse que je ne peux pas. Que je n'ai pas le droit. Que je ne vais pas succomber à la tentation. Peut-être que je devrais dire à mon père qu'il n'a pas fait le bon choix. Que son employé devrait quitter la maison et ne plus jamais revenir…

J'ai peur de moi et de mon esprit de contradiction. Je ne suis plus en mesure de prendre des décisions éclairées, dorénavant.

Avec le peu d'énergie que je suis capable de fournir le matin, je m'affaire à nourrir les bêtes. Lui, sans dire un mot, effectue les corvées comme s'il avait fait cela toute sa vie. Il a beau être le copropriétaire d'un des hôtels les plus en vue de New York, il n'a pas peur de se salir les mains. Il ne s'arrête même pas pour essuyer la sueur qui coule le long de sa joue en suivant la courbe parfaite de sa mâchoire. Il lui a suffi d'une heure et demie pour faire tout ce qui devrait prendre la matinée, en temps normal. Soit il a quelque chose à prouver à mon père, soit il veut m'impressionner. Je penche pour la seconde option, si je me fie au nombre incalculable de fois où il s'est tourné dans ma direction pour voir si je le regardais.

À trop penser, je n'ai pas entendu mon père qui s'est faufilé par la grande porte, restée entrouverte.

— À ce que je vois, vous avez commencé sans moi !

Sa voix forte me fait sursauter.

J'accours et je l'embrasse.

— Bonjour, papa !

— Derek, comment te remercier pour le petit-déjeuner ? dit-il.

— C'est un plaisir, Bill.

— Vous avez déjà terminé de prendre soin des bêtes, ce qui me fait réaliser que j'ai ralenti le pas depuis quelques années. Je ne terminais jamais avant l'heure du dîner…

— C'est normal, papa. On est là pour ça maintenant.

Il baisse les yeux. Je sais que son orgueil vient d'en prendre un coup. Derek le ressent. Il le sort instantanément de cet état d'esprit.

— Que voudriez-vous qu'on fasse d'autre ?

— Il faudrait que j'aille acheter du grain en ville chez les Sanders.

— On peut y aller, Lisa et moi.

— Oui, on va y aller, papa !

Il acquiesce en lançant la clé de son camion à Derek. Il l'aime, c'est certain. Il n'a jamais laissé qui que ce soit prendre le volant de son vieux monstre à quatre roues.

— Nous serons de retour pour dîner, dis-je avec enthousiasme.

Comme deux adolescents, nous gambadons en direction du camion de papa et prenons la route.

21

C'est incroyable de voir à quel point nos perceptions changent avec le temps. À dix ans, je trouvais que ça prenait une éternité, se rendre chez les Sanders. La seule chose qui me consolait un peu, c'est quand on arrêtait manger une pointe de pizza au restaurant, à mi-chemin. Aujourd'hui, le trajet passe trop vite.

Derek coupe le moteur et me regarde pendant de longues minutes, sans dire un mot. Un silence lourd de sens, mais que j'ai du mal à déchiffrer. C'est peut-être que mon subconscient préfère vivre dans le déni. Quoi qu'il en soit, j'interromps ce silence :

— Est-ce que tu sais ce qu'on a besoin de rapporter au ranch ?

— Non, je croyais que tu le savais.

En riant, nous sortons du camion et entrons dans la cambuse qui sert de boutique aux Sanders. Je ne peux pas croire que, après toutes ces années à fournir du grain à tous les habitants de la région, ils n'ont pas investi dans la construction d'un magasin qui soit, disons, plus attrayant.

Je pousse la vieille porte.

— Bonjour, madame Sanders !

— Non… Je n'y crois pas. C'est bien toi, Lisa ?

Elle n'a pas vieilli. Ou peut-être m'a-t-elle toujours paru vieille. C'est sans doute dû au fait qu'elle a travaillé toute sa vie aux champs, comme une forcenée.

Elle contourne le comptoir et file tout droit vers moi.

— Oui, madame Sanders. Il y a longtemps, n'est-ce pas ?

— Je n'en reviens pas. La dernière fois que je t'ai vue ici avec ton père, tu dépassais à peine le comptoir.

Elle se retourne et pousse un cri en direction de l'arrière-boutique, sous le regard amusé de Derek.

— Maurice, viens ici tout de suite !

Le vieil homme tire le rideau qui sert de voile opaque pour cacher le désordre de l'entrepôt.

— Dieu du ciel ! Lisa ?

— Bonjour, monsieur Sanders.

— Ton père vient de m'appeler pour m'avertir que tu allais passer. Heureusement qu'il l'a fait ! Je ne t'aurais jamais reconnue.

— Oui, le temps passe ! Voici Derek, le nouvel employé de mon père.

Ce dernier s'approche et serre la main des deux propriétaires, en garçon de bonne famille.

— Enchanté de vous rencontrer. À ce qu'il paraît, on va se voir souvent dorénavant !

— Au moins une fois par semaine.

M. Sanders revient me voir.

— Comment va le vieux Bill ?

— Il va bien. Il veut diminuer la cadence un peu. C'est pour cela qu'il a engagé Derek.

— Vaut mieux tard que jamais. Je le lui disais chaque fois que je le voyais s'éreinter à soulever des poches de grain. Il est travaillant, ton père. Content de voir qu'il a enfin compris, le vieux fou ! Allez, suis-moi, Derek, je vais te montrer ce qu'il faut charger aujourd'hui.

Derek obtempère, pendant que je règle la facture et discute un peu avec Mme Sanders, qui en a toujours eu long à dire. L'instant d'après, je sors de la boutique. Derek se tient là, les bras croisés.

— Déjà ? Tu as chargé quarante-cinq poches de grain plus rapidement que la vieille dame a mis à calculer la facture à la main !

— J'avais trop hâte de reprendre la route.

— Ah oui ?

— Oui. J'ai une surprise pour toi !

Il m'ouvre la portière.

— Vous êtes galant, monsieur.

Son geste est plus élégant que l'élan que je dois me donner pour me propulser à l'intérieur de l'imposant camion de mon père. Fébriles, on reprend la route.

— Tu vas me dire ce que c'est ?

— Non. Sinon, ce ne serait plus une surprise. Je vous demanderais de fermer vos yeux, mademoiselle Walter.

Innocemment, je m'abandonne et me plie à ses ordres. Comme si j'étais sous son emprise, je baisse les paupières et j'attends patiemment ses instructions. Le mouvement de mon corps me dit qu'on tourne à gauche, puis à droite. J'essaie de retenir de petits cris de douleur chaque fois que je me heurte contre l'épaule de mon beau, puis contre la portière du camion. Je n'ai pourtant pas travaillé si dur ce matin, mais c'est comme si j'avais déjà ma semaine dans le corps. Probablement les effets secondaires de la chose. Celle qui habite dans ma tête.

On s'immobilise.

— Ça y est, nous sommes à destination, annonce-t-il d'une voix stressée.

Tranquillement, j'ouvre les yeux que j'avais plongés dans la noirceur depuis environ cinq minutes.

Ébahie, je découvre une immense prairie où galopent des chevaux. Le panorama est à couper le souffle.

— Derek, quel est cet endroit?

Je regarde autour pour apercevoir une toute petite maison, au bout du chemin. Je la reconnais.

— Viens, dit-il.

Je me souviens de cette maison. On y venait régulièrement, mon père et moi, quand il fallait vendre ou acheter des animaux.

Il me prend la main et nous nous approchons de la clôture gardant les bêtes captives. En quelques secondes, Derek bondit par-dessus. Il empoigne la broche électrique avec son gant et la rabat contre le sol pour me permettre de me faufiler à mon tour.

— Tu es certain qu'on a le droit? C'est une propriété privée ici, non?

— Ne t'en fais pas. Les propriétaires sont au courant. J'ai tout arrangé avec ton père.

— Avec papa?

Nous avançons prudemment vers les bêtes, qui s'énervent en voyant deux étrangers fouler la neige de leur enclos. Comme des prédateurs à l'affût, nous nous approchons à petits pas.

— Tu veux bien m'aider à choisir?

— Quoi? On va ramener un cheval à la maison?

— Pas nous. Mais ils vont nous le livrer d'ici quelques jours!

Je ne peux retenir mes larmes…

— Ça va, Lisa?

Quelle question! Bien sûr que ça va. Trop bien même. Si c'est un moyen de me courtiser, il gagne du terrain, le beau Derek. Malheureusement…

— Je me souviens du sentiment que cela me procurait quand je partais voir les chevaux avec mon père, lorsque j'étais toute petite. C'était notre sortie du dimanche. Notre moment.

— Dans ce cas, je suis heureux de le vivre avec toi.

On passe une bonne heure à regarder les chevaux courir dans toutes les directions. On leur trouve des noms. On essaie de deviner leur âge, leurs traits de caractère. On réussit à en approcher quelques-uns. Jusqu'à ce que l'on entende des pas craquer dans la neige. Des pas que les chevaux reconnaissent visiblement puisqu'ils se ruent tous sur l'homme qui marche dans notre direction.

— Bonjour, s'écrie-t-il.

Derek répond :

— Bonjour, monsieur.

— Vous devez être les Walter ?

— Oui, répond-il.

Je le regarde, amusée. Il se corrige maladroitement :

— Enfin, voici mademoiselle Walter. Je suis Derek Freeman.

— Bienvenue chez nous, alors !

— Merci, monsieur. Vos bêtes sont vraiment magnifiques.

— Vous en avez trouvé une qui vous plaît ?

Je réponds instantanément :

— Oui, celle-là.

— C'est vrai qu'elle est superbe. Elle a sept ans. Et l'autre devrait arriver d'ici un mois.

— Vous voulez dire qu'elle est en gestation ?

— C'est exact. Deux pour le prix d'une !

Derek me regarde et voit mes yeux qui s'illuminent, comme ceux d'un enfant devant le plus bel arbre de Noël.

— Tu devrais te voir en ce moment, dit-il.

— Alors, on la prend ?

— Évidemment qu'on la prend !

— Cette jument est à vous alors, ajoute le vieil homme, à qui on n'a même pas demandé le prénom.

Je m'élance vers Derek en sautant de joie. Incapable de cacher mon enthousiasme, je l'embrasse, avant de redescendre de mon nuage, embarrassée. Cela ne semble pas l'avoir gêné, au contraire. Il semble aussi heureux que moi.

— Je pourrais passer mercredi matin, est-ce que cela vous convient ?

— Bien entendu ! On vous attend.

— Parfait !

Le vieil homme regagne la petite maison au bout du chemin.

— Monsieur ?

Il se retourne.

— Comment s'appelle-t-elle ?

— Bella.

— Et vous ?

— Henry.

On reste un moment pour la regarder. Elle a enfilé son manteau d'hiver. Son poil plutôt long est d'un beau blond cendré et son crin, d'un beige nacré.

Et son ventre, comme un berceau…

— D'ici quelques semaines, on aura un poulain à la maison.

— C'est merveilleux, Derek. Quel beau cadeau !

— Tu ne croyais quand même pas que j'allais te laisser partir toute seule à cheval pendant que moi je t'attendrais patiemment au ranch ? J'avais besoin d'une monture.

— As-tu déjà monté à cheval ?

Il regarde tout autour sans répondre, ce qui me laisse entendre que c'est non.

— Je t'enseignerai.

22

— Papa, on va avoir un poulain à la maison.

— Quoi ? Derek, je croyais que tu voulais apprendre à monter. Ce n'est pas chose facile, le dressage d'un poulain.

— Non, Bill. En fait, je suis tombé follement amoureux d'une jument qui est sur le point d'avoir un petit.

— On est tombés follement amoureux, dis-je avec beaucoup trop de ferveur.

En voyant le regard de ma mère, je réalise que ce que je viens de déclarer haut et fort peut prêter à confusion.

Je rectifie :

— Amoureux d'une jument qui est sur le point d'avoir un petit, je veux dire !

— J'ai cru comprendre que vous vouliez de la vie dans ce ranch. Croyez-moi, vous en aurez, Bill.

Je m'aperçois que je n'ai même pas pris le temps de me déshabiller en entrant, trop énervée d'annoncer la bonne nouvelle. Maman attrape mon manteau et l'accroche au mur. Elle sait que l'on devra ressortir après le souper pour s'assurer que tout va bien au ranch.

— Ton portable n'a pas cessé de sonner de la journée, m'apprend-elle. Tu attendais un appel important ?

— Non. Où est-il ?

— Tu l'as laissé dans la cuisine ce matin.

D'un pas décidé, je récupère mon portable sur le comptoir. Il est juste à côté de la tarte au sucre que maman a préparée pendant notre absence. Voilà ce qui embaumait la pièce lorsque nous sommes arrivés. J'appuie sur le bouton de mon téléphone. Celui-ci m'indique que j'ai douze appels manqués, en plus d'une dizaine de messages textes. Tous provenant de Rosie.

D'un signe de tête, Derek me demande s'il y a un problème. J'aimerais bien pouvoir lui fournir une réponse, mais je l'ignore encore. Inquiète, je file à l'étage. Je dois savoir ce qui se passe à New York. Ce n'est pas le genre de Rosie d'appeler pour rien, de manière compulsive.

Je monte l'escalier à toute vitesse en composant son numéro, de mes doigts qui tremblent. À deux reprises, je trébuche, ne regardant même pas où je mets les pieds. J'ai l'impression qu'il s'écoule dix ans avant d'entendre sa voix.

— Allô.

— Rosie ?

— Oui.

— Dieu merci, tu n'as rien. Est-ce que ça va ?

— Je vais très bien, merci !

Elle semble calme.

— Que se passe-t-il ? Tu as essayé de me joindre plus d'une dizaine de fois. Ce n'est pas dans tes habitudes.

Le silence s'installe. Le genre de silence que l'on ne souhaite pas. Celui qui sous-entend un tas de trucs. Celui qui est lourd et qui dure longtemps. Celui qui s'impose.

— Rosie ? Tu m'inquiètes.

Elle soupire.

— Tu comptais me le dire bientôt, Lily ?

— De quoi parles-tu ?

— J'ai reçu une lettre pour toi.

Dites-moi que je rêve. Dites-moi que ce n'est pas ce que je crois. C'est impossible. Les médecins ne sont pourtant pas autorisés à transmettre des informations sur le dossier médical d'un patient par la poste.

Mon imagination fertile recommence à faire des siennes. Je la vois, ouvrant mon courrier et lisant une lettre provenant du cabinet du Dr Edward. L'enveloppe est sûrement d'un rose pâle et le papier qu'elle contient est parfumé pour ajouter un peu de positif au côté sombre de son propos. Cette lettre stipule sans doute qu'il ne me reste qu'une année à vivre. Elle doit se terminer par : « Quand comptez-vous l'annoncer aux gens qui vous entourent ? »

Je reviens sur terre, impatiente de savoir ce qu'il en est vraiment.

— Quel genre de lettre, Rosie ?

— Tu veux que je t'en fasse la lecture?

— Arrête de me faire languir, c'est insupportable. Qu'est-ce qui se passe?

D'un ton exaspéré, elle commence:

— «Lisa Walter, toute l'équipe du *New York Prime* vous transmet ses meilleurs vœux en ce début d'année 2017. Nous vous souhaitons bonheur et prospérité...»

— C'est gentil. Je ne peux pas croire qu'ils...

Elle m'interrompt:

— Laisse-moi terminer, Lily. «Par la présente, nous désirons vous inviter à une réception qui se tiendra le 28 janvier prochain au Four Seasons afin d'honorer les employés qui travaillent pour nous depuis plusieurs années. Nous en profiterons pour souligner toutes vos années de loyaux services au sein de notre équipe et pour vous souhaiter bonne chance dans votre nouvelle vie. En espérant pouvoir vous compter parmi les nôtres...» C'est signé Bernard Colt.

Vieux con. Pendant toutes ces années, il ne m'a jamais témoigné la moindre marque de reconnaissance. Et voilà qu'il organise une réception et qu'il vient tout gâcher.

— Je te le demande une dernière fois, Lily. Tu pensais me tenir à l'écart de cette nouvelle vie encore longtemps?

— Ne dis pas ça, Rosie. Tu sais très bien que je ne m'éloignerais jamais de toi... Cette lettre ne veut absolument rien dire. Ce n'est qu'une soirée de reconnaissance.

— Pour te remercier de tes années de loyaux services. Ça veut tout dire, Lily. Tu as quitté ton emploi. Tu prolonges tes vacances de Noël de plusieurs semaines et moi je ne suis au courant de rien. C'est à se demander si tu es morte.

Le terme est mal choisi, mais elle a raison de m'en vouloir.

— Écoute, Rosie, je sais que je te néglige ces temps-ci. Je t'en demande pardon. J'ai besoin de cette période de transition. Ce n'est que passager.

— Avoue que tu n'as jamais eu l'intention de revenir à New York.

Je ne peux plus mentir maintenant. Elle ne me le pardonnerait jamais. On s'est toujours tout dit…

— Je suis désolée, Rosie. J'aurais dû te le dire plus tôt. En fait, j'allais te le dire, je le jure. Je n'allais quand même pas prolonger éternellement mes vacances sans t'en parler.

— Je ne suis pas sûre de te comprendre, Lily. Je ne te reconnais plus, en fait. Il y a trois semaines à peine, tu avais du mal à décrocher de cet emploi. C'était ta passion. Tu as tout sacrifié pour ça. Et moi, je t'admirais. Puis, du jour au lendemain, tu lâches tout et tu retournes vivre chez tes parents. Qu'est-ce qui ne va pas chez toi ?

— Rosie…

— Et tu crois que le fait de t'éloigner des gens qui t'aiment, ça te fera vivre mieux ? Tu me manques, Lily. Pendant ce temps, je tourne en rond dans cet appartement beaucoup trop grand.

— Pourquoi ne viendrais-tu pas me rejoindre ?

— J'ai à peine de quoi payer le loyer, Lily. Tu crois que je pourrais me payer un billet d'avion pour l'Iowa ?

— Je te l'offre !

— Arrête, Lily. J'en ai assez de tout ça. J'en ai assez d'être celle dont tu as pitié. Celle que tu as toujours besoin de protéger et de sortir de l'embarras. Tu m'as menti, c'est tout.

— Rosie… Rosie ?

Elle a raccroché.

Je m'effondre sur mon lit. Elle a raison sur toute la ligne. De quel droit me suis-je permis de lui cacher la vérité ? Ma petite sœur, ma meilleure amie. Je n'ai jamais eu pitié d'elle, au contraire. J'ai seulement veillé à ce qu'elle ne manque de rien puisqu'elle est ce que j'ai de plus beau.

Ma mère me l'a si souvent répété. « Mentir ne te mènera nulle part. Un jour ou l'autre, il te faudra affronter la vérité. Et plus tu attendras, pires seront les conséquences. »

C'est pourtant ce que je suis en train de faire. Je reste là, à m'enfoncer dans mes histoires. À me faire croire que tout va bien. Tout cela est sur le point de me rendre folle.

Je ne dors plus. Quand enfin je tombe de sommeil, je fais des cauchemars. J'imagine Rosie, perdue dans la grande ville, ne sachant où aller.

Elle doit être morte de peur, toute seule dans notre appartement. J'aurais dû l'emmener et tout lui avouer. Si elle a du mal à avaler mon déménagement, elle ne me pardonnera jamais de lui avoir caché ma mort prochaine.

Perdue dans mes pensées, je n'ai pas entendu Derek monter l'escalier. Le bruit sec de ses doigts frappant sur le cadre de ma porte me fait sursauter. J'essuie mes larmes, espérant qu'il ne remarquera rien. Voilà que je recommence le camouflage, en bon caméléon que je suis devenue.

— Je peux entrer ? demande-t-il.

— Bien sûr.

Il s'approche doucement et s'assoit tout près de moi, sur mon lit. Il glisse sa main rassurante sur ma nuque et me caresse le cou.

— Quelque chose ne va pas ?

— C'était Rosie. Elle a reçu une lettre m'invitant à une soirée de reconnaissance de la part de mon ancien employeur, dans un endroit que tu connais bien.

— Ah oui ? Lequel ?

— Le Four Seasons, dis-je en levant les yeux au ciel.

— Et qu'est-ce qui te bouleverse à ce point ? Le fait de devoir retourner à New York ?

— Non…

— Alors ?

— Rosie et moi, on se connaît depuis longtemps.

— Et ?

— Disons que j'ai omis de lui révéler un détail quand même important dans ma vie. Elle sait tout de moi, sauf le fait que je n'ai jamais eu l'intention de retourner vivre à New York. Elle l'a appris en ouvrant mon courrier.

Il lâche ma nuque et appuie fermement ses deux poings sur mon lit, de chaque côté de ses hanches. J'ai quand même le don de deviner les gens, juste à les regarder. Je sais que quelque chose le tracasse. Son mutisme ne fait que confirmer mon intuition. Il attend quelques secondes puis il se lance :

— Dis-moi que tu ne regrettes pas ta décision.

— Qu'est-ce que tu veux dire, Derek ?

— Dis-moi que tu n'as pas envie de retourner vivre à New York.

Ses yeux miroitent, comme s'il était sur le point de pleurer, ce qui le rend de plus en plus irrésistible. J'ose mettre ma main sur sa cuisse.

— Je te rassure, je n'ai aucune envie de retourner là-bas.

Il soupire, apaisé.

— Au fait, avant ta première journée de travail au ranch, tu ne savais pas que j'y habitais. Qu'est-ce que cela pourrait bien changer ?

— Tu veux vraiment le savoir ?

— Évidemment que je veux le savoir !

— Eh bien, ton père et ta mère sont deux personnes extraordinaires. Mais disons que ta simple présence ici est un beau bonus à mon salaire.

Il a tout ce qu'il faut, ce garçon. Le charme au fond des yeux. Des mots qui résonnent au plus profond de mon être et qui surgissent au moment approprié. Il est beau, il sent bon, je le déteste… En fait, je me déteste, moi.

Je me déteste d'avoir envie de l'aimer.

Je me déteste de ne pas être capable de le regarder dans le blanc des yeux et de lui avouer tout ce qui se passe. Lui dire que je suis sur le point de tomber follement amoureuse de lui, mais que j'ai peur. Puisque c'est la vérité. J'ai terriblement peur de ce qui s'en vient. J'ai peur de la mort.

Je voudrais pouvoir lui dire qu'il ne peut pas m'aimer puisque je risque de le quitter à tout moment et que cela me déchire le cœur.

Encore une fois, je me retiens. Je me lève d'un bond et j'attrape mon peignoir, suspendu au crochet derrière ma porte. Il me regarde m'éloigner. Dans l'embrasure de la porte, j'hésite. Je me retourne :

— Pour être franche, je crois que c'est la plus belle décision que j'ai prise de ma vie, Derek.

En souriant, je file à la salle de bain. Je l'entends se relever et sortir de la chambre à son tour. Au moment de pousser la porte de la salle de bain, il dit :

— La vie est trop courte pour les regrets, Lisa.

Émue, je reconnais quelques mots que je lui ai écrits dans l'avion, juste avant de le laisser filer encore une fois. Secrètement, je m'amuse à penser que c'est ce qui l'a poussé à quitter New York pour revenir s'installer en Iowa. Plus près de moi…

23

Cinq heures sont arrivées beaucoup trop vite. Ce n'est pas que le réveil soit difficile, mais plutôt que je n'ai pas fermé l'œil de la nuit. Celle-ci semble ne pas avoir été de tout repos pour Derek non plus. Je l'ai entendu se retourner dans son lit toutes les dix minutes. Avec un peu de concentration, j'arrive même à l'entendre respirer à travers le mur de carton qui nous sépare. Depuis deux jours, je m'imagine aller le rejoindre et me blottir tout contre lui. Les nuits seraient tellement plus agréables ainsi. Je me contente de me laisser bercer par sa respiration forte et apaisante.

Ce matin, on doit se rendre au ranch plus tôt que prévu. C'est aujourd'hui que notre Bella arrive. Et on veut l'accueillir comme une reine, lui montrer qu'elle sera bien chez nous. Alors au diable les bonnes manières ! Il me reste un peu moins d'un an pour me faire pardonner mes péchés. Je me lève et file tout droit dans la chambre de Derek.

J'entends sa voix à peine réveillée murmurer quelque chose.

— Bonjour !

Malgré les étourdissements qui me rappellent que le temps passe et que mes jours sont comptés, je saute sur son lit en criant. Comme une enfant qui se lève le matin de Noël.

— On va avoir un nouveau cheval ! On va avoir un nouveau cheval !

Même s'il place ses deux mains devant son visage pour protéger ses yeux de la lueur de l'ampoule, je devine son sourire.

— Tu es en forme aujourd'hui !

S'il savait... En m'apercevant dans le miroir à côté de son lit, j'ai plutôt l'impression de voir une morte. Mon teint pâle et mes cernes sont de plus en plus présents. J'aurais bien besoin d'une séance dans un spa et d'un petit détour dans un salon de coiffure, question de cacher le temps et la maladie qui semblent de plus en plus décidés à laisser leurs marques sur ma peau.

— Allez, debout ! On doit aller préparer son box. Bella sera là en début de matinée.

— Est-ce que je dois y aller nu ?

Je redescends de son lit, embarrassée.

— Oh, excuse-moi. Je te laisse t'habiller. Tu veux déjeuner tout de suite ?

— Je prendrai seulement un café pour l'instant.

D'un coup, il tire la couverture et se lève. Je sens ma mâchoire se décrocher à la vue de ses épaules baraquées, de son dos musclé et de ses fesses rebondies. Même dans mes rêves, je n'ai jamais vu de corps aussi beau. Il est à mourir d'envie. Je ne peux me retenir :

— Woh !

— Excuse-moi, je prends peut-être un peu trop mes aises.

— Non, c'est... comment dire... parfait !

Il enroule un drap autour de sa taille.

— Je prends une douche en vitesse et je te rejoins.

Je quitte la pièce pour me diriger vers l'escalier. Je m'arrête au beau milieu pour repenser à ce que je viens de voir. Dans la cuisine, perdue dans la brume, je mène un vacarme d'enfer simplement pour sortir deux tasses à café de l'armoire. Je verse le grain moulu directement dans la tasse au lieu de le mettre dans le filtre de la cafetière. Rien ne va plus.

Assise à la table, je bois ma tisane en tentant de reprendre mes esprits. À l'abri des regards, j'avale des cachets que m'a prescrits le Dr Edward. Je regarde Derek descendre l'escalier. Son café fume juste à côté de moi.

Le sourire qu'il me lance en guise de remerciement me met le cœur en état d'apesanteur. Pourquoi ne l'ai-je pas connu quand j'avais vingt ans ? On aurait pu passer quelques années ensemble. Pas seulement quelques mois, en attendant que l'on m'enterre.

Évidemment, je n'aurais probablement pas été aussi réceptive à ce moment-là. J'étais tellement stressée et hypnotisée par mon travail. Je ne pensais qu'à une chose, ma carrière. Je n'avais aucune idée de ce qu'était la vraie vie, en fait.

Tout d'un coup, je me déteste. Je me mets à penser au nombre incalculable de belles personnes que je me suis empêchée de connaître parce que j'avais la tête ailleurs et que je devais me consacrer à mon travail. Aujourd'hui, cet homme débarque. Alors que je suis vulnérable. Alors que j'aurais besoin de ses deux bras forts pour m'entourer et me soutenir. Alors que j'aurais besoin de ses belles paroles pour m'apaiser. Alors que j'aurais besoin de son sourire pour faire lever le soleil sur les jours plus sombres. Alors que j'aurais besoin de sa main pour caresser mes cheveux et de son souffle chaud pour réchauffer mes joues.

Pourquoi est-il là, maintenant?

Alors que je ne peux pas me permettre de tomber en amour. Alors que je devrais m'enfermer loin de toute civilisation, pour limiter les dégâts lorsque je devrai malheureusement hisser le drapeau blanc…

24

Le jour se lève tranquillement. Comme s'il y avait le feu dans la grange, on s'affaire à tout mettre en ordre. On a libéré le box voisin de celui de Jack. Il servait d'entrepôt depuis un certain temps. On a relocalisé tout ce qui s'y terrait, lancé une bonne couche de paille pour tapisser celui-ci, nettoyé les abreuvoirs, déposé une galette de foin au fond de sa mangeoire, tout est prêt. Juste à temps.

Il fait plutôt froid ce matin. On a dû laisser les portes closes. Je passe mon temps à me déplacer vers la fenêtre pour être sûre de voir arriver l'imposante remorque du vieux Henry, le maquignon.

Il nous avait dit qu'il arriverait tôt en matinée, ce qui est encore plus tôt pour les agriculteurs que pour tout autre être humain.

Vers 7 h 20, tenant parole, il se manifeste. J'entends le bruit infernal du camion et de la remorque grinçante lorsqu'il entre dans la cour et s'immobilise devant les deux grandes portes avant du ranch. Par la fenêtre, j'aperçois papa et maman qui sortent de la maison instantanément. Je connais mon père. Il est impatient d'analyser la bête pour voir si nous avons fait un bon choix, Derek et moi. Je crois que oui. J'ai appris du meilleur.

— Derek, arrête-toi. Il est là !

Il se jette en bas de la montagne de balles de foin qu'il était en train d'ériger, aussi énervé que moi. On se précipite à l'extérieur.

Le commerçant ouvre la portière rouillée de son camion. Un son strident couvre sa toux. Il balance son cigare dans la neige et essaie de s'extirper de son tas de ferraille.

— Henry ? Ça fait un bail, mon ami, dit mon père en serrant la main de l'homme. Tu n'as pas encore arrêté de fumer ? Tu devrais. Ça va finir par te tuer, vieux fou !

Visiblement, ils se connaissent très bien, ceux-là.

— J'aurais dû m'en douter quand on m'a dit que les Walter allaient passer me voir. Bill, comment vas-tu ? On ne s'est pas vus depuis que tu es venu récupérer ce vieux canasson. Il tient encore debout ?

— Tu parles de moi ou du cheval ?

Je comprends qu'ils parlent de Jack. Vexée, je prends la parole :

— Évidemment qu'il tient encore debout. Jack est en pleine forme. Beaucoup plus en forme que vous deux ! Il s'ennuie, en revanche. Je suis certaine qu'il sera le premier ravi de voir arriver de la visite.

Henry contourne son camion et se dirige vers l'arrière. J'aperçois la tête de la beauté à travers les barreaux de la remorque. Elle porte bien son nom, Bella.

Il agrippe le verrou de la porte, le soulève et le hale pour l'ouvrir. De peine et de misère, il grimpe sur le plancher de bois souillé d'excréments et s'avance pour libérer la bête. Il accroche une laisse à son licou et la tire de son antre.

Bella descend calmement, comme si la route ne l'avait pas dérangée du tout.

— Elle a l'air bien calme.

Sans attendre, papa s'avance vers le cheval. Il lui prend les pattes, les soulève une à une. Tâte son cou, sa croupe. Lui administre deux petites claques sur les fesses.

— Elle a bien fière allure, cette jument.

— Tu me connais, Bill. Est-ce que je t'ai déjà vendu de la charogne ?

— Elle est magnifique, Lisa, vous avez fait un bon choix, approuve maman.

— Je sais. Est-ce que je peux l'emmener à l'intérieur ?

— Bien sûr. Elle est à toi.

— À nous, ajoute Derek.

Je le regarde en souriant. C'est un peu comme si nous avions un projet de vie, lui et moi. Maman nous observe, comme si elle se doutait de quelque chose. On ne peut rien cacher à un cœur de mère, il faut croire.

J'attrape la laisse que me tend Henry pendant que Derek lui remet une liasse de billets.

La belle me suit sans résister.

— C'est chez toi ici, Bella. On prendra bien soin de toi et de ton petit.

Quelques minutes plus tard, Henry et le reste de la famille me rejoignent dans le ranch. Bella est déjà en train de prendre ses aises dans son nouvel habitat. Elle fait connaissance avec Jack. Ils se reniflent au-dessus du mur qui les sépare. Derek s'approche de moi.

— On dirait qu'ils se sont déjà apprivoisés, constate-t-il.

Maman, qui est encore en mode investigation, ajoute :

— Parfois, ça peut se faire vite, ces choses-là.

— Effectivement, Elizabeth.

Je la dévisage, parfaitement consciente qu'elle faisait allusion à Derek et moi. Ce n'était pas subtil du tout. Cependant, je dois lui donner raison. Derek et moi agissons comme si nous étions ensemble, alors que nous nous connaissons à peine. Je change de sujet :

— Quand elle aura donné naissance, tu pourras la monter.

— J'en suis impatient.

Je me tourne vers Jack pour lui donner un peu d'attention. Je ne voudrais pas qu'il pense que je l'abandonne une seconde fois. Ça n'arrivera pas. Sauf s'il me survit, ce qui risque grandement d'arriver.

— D'ici là, mon vieux canasson, comme vous le dites si bien, se fera un plaisir de t'offrir de belles balades. Il faut bien commencer quelque part. Laissons-les apprendre à se connaître et allons déjeuner. Ça m'a creusé l'appétit, tout ça !

Je referme la porte du box de Bella.

— Bon, je dois filer. Je n'ai pas que cela à faire. J'ai d'autres livraisons qui m'attendent, dit le vieux commerçant.

— Merci beaucoup, Henry.

Sans se retourner, il regagne son véhicule déglingué et reprend la route vers son domaine.

25

Cette journée, que j'aurais voulu repousser jusqu'à ma mort, est arrivée beaucoup trop vite.

— Ce n'est qu'une soirée de reconnaissance, Lily, et tu n'es pas la seule à être honorée. Tu dramatises la situation pour rien. Tu ne retournes pas t'installer à New York pour de bon ! Une fois là-bas, tu seras heureuse de renouer avec tes collègues. Je suis sûr que l'ambiance a beaucoup changé depuis ton départ. Ils seront ravis de te revoir. Tu ne vas tout de même pas me dire qu'il n'y a eu que du négatif pendant toutes tes années au *New York Prime* !

— Ce n'est pas ça, Derek.

— C'est quoi ?

— Je n'ai pas envie de revoir mon ancien patron. De lui sourire hypocritement. De faire semblant que la vie est belle.

— Ta vie n'est pas belle ?

— Ce n'est pas ce que je veux dire, réponds-je en soupirant. Je n'ai pas pensé à M. Colt depuis mon départ de New York et c'est très bien ainsi. Je n'ai pas envie de le croiser, de lui serrer la main, de lui raconter ma nouvelle vie. C'est horrible. Je vois déjà l'air répugné qu'il affichera lorsque je lui dirai que je suis revenue vivre au ranch de mes parents en Iowa. Que chaque matin je me lève pour nettoyer la stalle des animaux, munie de mes grosses bottes et de mes vêtements de travail.

— Tu es super sexy dans tes vêtements de travail.

— Arrête, je suis sérieuse ! Il est tellement superficiel et hautain. Il va me regarder, le menton dans les airs, et je saurai ce qu'il pense : « C'est dommage, mademoiselle Walter. Vous aviez un bel avenir, mais vous avez préféré gâcher votre vie à vous salir les mains dans… une ferme. »

— Est-ce que tu considères que tu as gâché ta vie ?

— Bien sûr que non, au contraire.

— Alors, tout va bien aller. Je serai avec toi, fais-moi confiance. Demain matin, on prendra l'avion en direction de New York. On ira à cette soirée et tout se déroulera à merveille. On boira un verre de champagne à la santé de M. Colt, tu monteras sur scène pour accepter les honneurs qui te reviennent et on reprendra l'avion le lendemain. Dans moins de trente-six heures, nous serons de retour à la maison. Allez ! Cela nous fera du bien à tous les deux. Ce sera comme de petites vacances.

Je baisse la tête en souriant.

— Qu'est-ce qui te fait rire ?

— Rien.

— Bon, qu'est-ce que j'ai dit de si drôle ?

— Tu as dit : « Nous serons de retour à la maison. »

— Nous serons de retour chez toi, je voulais dire.

— C'est parfait ! C'est chez toi aussi. Ça me fait sourire, c'est tout !

— J'avoue que je me suis adapté rapidement. D'ailleurs, je te demanderais de sortir de ma chambre, mademoiselle Walter. Je dois préparer mes bagages pour le départ !

— En passant, c'est un croqueur d'hommes. La seule chose qui risque d'intéresser un tant soit peu M. Colt, demain soir, c'est quand je lui présenterai la belle créature qui m'accompagne. Le copropriétaire du Four Seasons, en plus !

— Pour te faire rire et m'assurer que tu passes une belle soirée, je suis prêt à me laisser séduire par ton ex-patron sénile.

Amusée, je retourne à ma chambre, qui a des airs d'après-guerre. Mes vêtements sont éparpillés partout. Tous les tiroirs de ma commode sont ouverts et des sous-vêtements s'en échappent. J'ai tout prévu. Des livres, du papier, des crayons, deux tenues de soirée, des vêtements chauds, des moins chauds, des plus confortables, des moins confortables. Ma trousse de maquillage, celle de démaquillage, ma trousse de produits coïffants, celle qui contient mes crèmes de nuit, celles de jour. Malgré tout, j'ai quand même l'impression d'avoir oublié quelque chose.

Demain, ce sera une journée longue et stressante. Je n'aime pas être le centre d'intérêt. Je déteste que l'on m'accorde trop d'attention. Et, je déteste mon ancien patron. J'espère qu'ils serviront du champagne et que je n'aurai pas trop de nausées. De cette façon, je réussirai peut-être à y trouver un minimum de plaisir.

Derek se pointe sur le seuil de ma porte. Il me trouve assise par terre au beau milieu d'une montagne de vêtements que j'essaie de plier pour les mettre dans ma valise.

— Euh… Tu pars pour six mois en mission humanitaire ?

— Très drôle. J'espère que tu as mangé tous tes légumes. C'est toi qui porteras ma valise !

Journal de Lisa Walter
Confidentiel

Ce ne sera qu'un petit aller-retour de rien du tout. C'est ce que je me répète depuis que je sais que je dois remettre les pieds dans cette ville maudite. J'ai l'impression de faire marche arrière, de régresser. Je me suis réhabituée rapidement à ma vie à la campagne. Quelques jours ont suffi pour me rendre compte que c'était beaucoup mieux ainsi.

J'en ai même oublié qu'un jour j'ai été une fille de ville. Je ne ressens nullement le besoin de retourner là-bas. Pour moi, tout cela est déjà du passé. La seule chose qui pourrait me rendre heureuse de grimper dans cet avion, ce serait la certitude de voir Rosie m'accueillir à l'aéroport.

Toute cette attention de la part de M. Colt, c'est trop soudain. Depuis le temps que l'on se connaît. Il a toujours été mesquin avec moi. Il n'a jamais eu la moindre marque de reconnaissance pour tout le travail que j'effectuais dans ses bureaux. Pourquoi aujourd'hui aurait-il envie d'organiser une soirée en mon honneur? Peut-être qu'il est en train de me piéger, qui sait... Il en serait capable!

Derek ne cesse de me répéter que, si quoi que ce soit devait mal tourner, on reprendrait l'avion sur-le-champ et on reviendrait aussitôt au ranch, auprès de nos animaux.

Parce que, oui, il commence à se faire possessif en parlant du ranch. Comme si nous étions en couple et que nous avions pris la relève, ensemble.

Je préférerais rester ici plutôt que d'aller me pavaner en robe de soirée et en talons hauts.

Ça m'angoisse. Comme si je n'avais pas assez de pression sur mes épaules, qui se courbent de plus en plus. Je ne dors plus la nuit. Et c'est peut-être mieux ainsi. Quand je réussis à fermer l'œil, je fais des cauchemars. C'est toujours le même scénario qui se dessine. Je me réveille en sursaut, au moins trente ans plus tard. Tout est trop parfait dans ces rêves.

C'est ce qui en fait des cauchemars. Je me réveille aux côtés de Derek. Je semble avoir une belle vie, des enfants à moi, la santé. Tout ce qui ne m'arrivera jamais... Comme si mon subconscient voulait me faire vivre une parcelle de vieillesse, celle que je ne connaîtrai pas.

Lorsque je suis éveillée, mon cerveau s'occupe de rassembler le peu de richesses que j'ai pu accumuler ces trente dernières années... Je n'ai pas beaucoup de monde à gâter, heureusement. L'héritage serait bien maigre.

Parce que moi, Lisa Walter, je devrai très bientôt songer à faire mon testament...

LW

26

Le réveil sonne, encore plus tôt que d'habitude. Notre avion décolle à l'heure où les bêtes nous voient entrer dans la grange pour les nourrir. Ce matin, c'est différent. Elles n'y comprendront rien. Elles croiront que nous les abandonnons.

Nous devrons laisser papa s'arranger seul avec tout ça aujourd'hui.

Il est seulement 3 heures du matin. La dernière fois que j'ai jeté un coup d'œil au cadran, il était 1 h 15. J'entends maman et papa discuter dans la cuisine. Ils ne pourront pas faire la grasse matinée aujourd'hui. Ils sont déjà prêts à nous conduire à l'aéroport, Derek et moi.

J'entends l'eau qui coule dans la pièce d'à côté. Il est déjà sous la douche.

Je somnole.

Quelques minutes plus tard, je l'entends sortir de la salle de bain. En passant devant la porte de ma chambre, il y donne deux petits coups pour s'assurer que je ne me suis pas rendormie. Il fait encore noir. Le jour n'en a rien à faire de nous. Il prend son temps. Il se fait attendre.

J'ai l'impression que je viens à peine de déposer ma tête lourde sur mon oreiller. Je n'y arriverai pas. J'ai mal jusqu'au bout des cheveux. Je ne sais pas où je vais puiser la force de faire ce voyage qui risque d'aggraver mon état.

À qui la faute ? Est-ce le travail à la ferme qui m'éreinte ou le fait que la maladie se propage dans tout le reste de mon corps ?

Je ne veux pas vraiment le savoir. Je préfère mourir ici plutôt que mourir toute seule dans mon appartement, à New York, ensevelie sous le poids du stress que m'infligeait M. Colt. Je ne suis pas impatiente de le revoir… Mais je devrai m'y faire. Dans moins de quatre heures, nous serons dans un avion qui décollera en direction de New York.

J'essaie tant bien que mal de canaliser ce qu'il me reste d'énergie, mon corps n'ayant pas eu le temps de récupérer.

Puisqu'il le faut, je me lève.

En entendant le plancher craquer sous mes pas, Derek poursuit son chemin vers sa chambre. Il sait que je suis réveillée maintenant.

Je n'ai pas arrêté d'y penser cette nuit. J'ai repassé dans ma tête tout ce qu'il m'a dit hier soir. Peut-être que ce voyage me fera du bien au fond. Peut-être qu'il m'aidera à confirmer que ma vie, c'est ici maintenant ! On ne réalise pas toujours la vraie valeur des choses avant de les laisser derrière nous. C'est malheureux.

Je m'habille lentement et j'attrape ma valise, que j'ai de la difficulté à faire rouler. De toute évidence, j'ai exagéré sur ce que je devais emporter.

— Désolée de te faire lever si tôt.

— Ne t'excuse pas. J'avais hâte de partir avec toi. Cette fois-ci, on sera volontairement assis côte à côte dans un avion, vers la même destination.

— Est-ce que je peux te laisser ma valise ?

— Bien entendu. Je m'en occupe. Je te rejoins dans un instant.

— Merci, Derek.

— Ce n'est rien.

— Non, je veux dire merci pour tout. Merci de m'accompagner. Merci de ta présence ici. C'est apaisant.

Je descends pour retrouver mes parents. Ils ont déjà leurs manteaux sur le dos.

— Est-ce qu'on est en retard ?

— Pas du tout. Mais tu connais ton père. C'est un homme très prévoyant.

Derek descend avec ma valise en main et un sac à dos lui servant de bagage.

— Tu es certain que tu n'as rien oublié ?

— C'est New York, Lily, dit-il d'un ton moqueur. On devrait y trouver ce qu'il nous faut ! Respire… Tout ira bien.

L'air est cru. C'est normal, il n'est que 3 h 30. La fatigue accentue les frissons qui me transpercent. Avec l'aide de Derek, je grimpe à l'arrière du camion de papa. Au lieu de s'asseoir au bout de la banquette, Derek s'installe en plein milieu, question de me réchauffer. Sa jambe contre la mienne dégage une chaleur que je sens passer à travers mon corps. Il discute avec mon père pendant tout le trajet, pendant que je termine ma nuit sur son épaule. C'est un chuchotement léger qui me sort du sommeil.

— Réveille-toi, mon cœur.

Est-ce que je rêve ou il vient de m'appeler « mon cœur » ?

J'ai sans doute rêvé. Je n'ai rien vu de la route qui mène de la maison à l'aéroport. On y est. À ma gauche, un avion décolle. À ma droite, Derek est près de moi. Il n'a pas bougé du trajet. Sûrement par peur de me réveiller. L'éclairage du stationnement entre par la fenêtre, juste derrière la tête de Derek, que je distingue peu à peu.

— Nous y sommes.

— Je n'ai pas été de très bonne compagnie…

— Tu avais l'air d'un ange.

— J'avais l'air morte ?

On sort de la voiture. Papa attrape ma valise et la tend à Derek. J'attrape son sac à dos afin de l'aider un peu.

— Bon vol, les jeunes, on revient vous chercher à votre retour.

J'embrasse mes parents, et Derek et moi entrons dans l'aéroport. À peine le temps de prendre un café, de lire le journal local et de discuter un peu que nous sommes tous deux assis dans l'avion presque vide.

L'appareil avance tranquillement sur le tarmac. Nous bouclons nos ceintures et peu après nous voilà au-dessus des gros moutons blancs. Nous sommes le 28 janvier. Nos nouvelles vies seront mises sur pause pour vingt-quatre heures. Bientôt, nous serons au beau milieu de la grande jungle dans laquelle nous avons vécu tous les deux. Sauf que cette fois-ci, ce sera temporaire.

On se dit que l'on a déjà hâte de revenir au ranch pour s'occuper de nos bêtes. De partir à cheval dans les sentiers. Cette nouvelle vie nous plaît. On s'y est vite habitués. À bout de souffle, j'appuie ma tête contre l'épaule de Derek. Il prend ma main. Je suis bien. De son pouce, il caresse le mien. Chaque mouvement doux me fait frissonner. C'était une bonne idée finalement, le voyage à New York.

Les turbulences m'indiffèrent soudainement et les sièges inconfortables se transforment en coussins moelleux. J'apprécie le moment. Je le savoure comme un bon verre de vin après un long mois de carême. L'avion finit par redescendre. Pour une fois, j'aurais souhaité qu'il tourne en rond au-dessus de l'aéroport de New York à cause du trafic aérien.

— On y est, mon cœur.

Je n'avais pas rêvé. On détache nos ceintures, attrape le sac à dos de Derek, remercie le personnel de bord et quitte cet avion. On se dirige vers le carrousel numéro vingt-deux. Quarante-cinq minutes plus tard, on récupère ma valise.

Derek s'occupe de tout. Il demande au chauffeur de taxi de nous emmener au Ballroom Cafe, un des meilleurs restaurants pour prendre le petit-déjeuner à New York. C'est en plus mon endroit préféré. Il ne le savait pas. Il me devine.

Il n'aura fallu qu'une soixantaine de minutes d'embouteillage en pleine heure de pointe pour que je me rende compte que je ne m'ennuyais pas de cette ville.

On déjeune au son des plus grands classiques du jazz. On discute pendant un moment. Puis on reprend la route.

— Le Four Seasons, s'il vous plaît !

Le chauffeur obtempère.

— Derek, il est beaucoup trop tôt, la cérémonie n'est qu'à 19 heures…

— Ne t'inquiète pas. Je t'ai dit de me faire confiance. J'ai tout prévu.

Comme une apôtre docile, je le laisse aller. Je réalise alors que je n'ai rien planifié. Il a pris les devants, apparemment.

Nous arrivons devant l'hôtel, où un portier nous attend. Je m'élance pour attraper ma valise quand le bagagiste de l'établissement, muni de gants blancs et vêtu d'un long manteau, me fait signe qu'il va s'en charger.

— Monsieur Freeman, mademoiselle Walter, bienvenue au Four Seasons.

— Bonjour, Jérôme.

Derek prend ma main et m'entraîne à l'intérieur. J'oubliais qu'on était chez lui, ici. On se rend directement à la réception. En moins de deux minutes, le gentilhomme derrière le comptoir nous tend la clé de notre chambre et nous nous dirigeons tout droit vers l'ascenseur.

— Ce soir, vous aurez droit au traitement royal, madame ! Je me suis dit que tu serais épuisée après cette soirée et qu'il serait préférable de dormir sur place.

Il appuie sur le bouton du trente-troisième et dernier étage.

On longe le corridor qui ne finit plus pour arriver à la chambre 3370. Derek passe devant et présente la carte magnétique qui ouvre la porte du paradis new-yorkais. La plus haute chambre du Four Seasons. La carte postale apparaît sous nos yeux. Une vue panoramique de la ville de New York. Elle a mis ses plus beaux atours pour nous séduire. Je ne peux m'empêcher de m'approcher de l'immense mur de vitre qui est aussi claire qu'un verre d'eau. On a l'impression d'être dans les nuages.

Je me retourne vers Derek, qui me regarde admirer mon ancienne ville adoptive.

— C'est magnifique, Derek !

— C'est ce qui m'a séduit la première fois que j'ai mis les pieds dans cet hôtel.

— Alors, tu t'es dit : « Pourquoi ne pas l'acheter ? »

Pendant de longues minutes, j'observe le monde extérieur sans dire un mot. J'aperçois de tout petits bonshommes patiner sur la glace de Central Park. Des milliers de minuscules points jaunes se faufilent rapidement à travers les rues de Manhattan. En bas, je sais que c'est la folie furieuse. Mais de là-haut, avec Derek, c'est paisible.

— La ville n'a jamais été aussi belle.

— C'est que tu ne l'as jamais regardée de ce point de vue. Tout est beau, vu des nuages !

Je devrai m'accrocher à cette phrase quand me viendra le temps de partir… tout est beau, vu des nuages ! Je ne peux retenir une larme.

Mon regard cherche mon ancien appartement. Du moins, le quartier où il se trouve.

Derek s'approche de moi doucement.

— À quoi penses-tu ?

— À Rosie. Je me demande ce qu'elle fait en ce moment. Si elle est seule dans notre appartement. Je me sens coupable de l'avoir laissée derrière moi, avec quelques mois de loyer dans une enveloppe sur le frigo, comme pour me déculpabiliser de l'avoir abandonnée…

— Quand elle te verra heureuse, elle comprendra. C'est comme ça, les vrais amis !

Ça ne change rien au fait que j'aimerais l'avoir près de moi en ce moment.

— Elle ne m'a pas donné signe de vie depuis notre dernière conversation téléphonique. Pas de messages, rien. Elle ne répond même plus à mes textos. J'aurais dû la rappeler pour m'excuser. C'est comme si elle avait oublié que j'existe.

— Tu te trompes. Elle a peut-être besoin d'un peu de temps. Mais les moments que vous avez passés ensemble ne s'effaceront jamais.

Il s'éloigne pour me laisser seule face à l'immense fenêtre qui m'offre le plus beau des spectacles. Je ne sais pas combien de temps je reste là. Juste assez pour que Derek s'assoupisse sur le géant blanc qui nous servira de lit pour cette première nuit ensemble.

Il a l'air bien. J'appuie sur le bouton près de la fenêtre. De longs rideaux opaques se ferment et plongent la chambre dans l'obscurité totale. Je vais m'asseoir à ses côtés en prenant soin de ne pas le réveiller. J'allume la lampe de chevet.

Il n'est que 13 heures, mais la journée a commencé tôt. Une sieste me ferait le plus grand bien, mais je ne veux pas dormir. Je combats le sommeil pour regarder Derek.

Il a ouvert ma valise et l'a déposée juste à côté du lit. Je m'allonge pour en ressortir mon journal, que j'avais enfoui entre mes vêtements. S'il fallait qu'il le lise…

Je prends le temps d'y écrire tout ce que j'ai vécu de beau ces derniers jours. Le nom de Derek apparaît toutes les quatre lignes environ. À quelques reprises, je crois qu'il se réveille. Je cache mon journal. Puis, il se retourne face à la fenêtre. Mes paupières s'alourdissent de plus en plus. Je referme le livre de ma vie et le remets au fond de mon bagage, en le dissimulant bien. Je prends mon portable en espérant que Rosie m'a répondu. Elle sait que je suis à New York.

Pas de nouvelles…

Je règle l'alarme de mon téléphone à 17 heures et je me blottis contre le dos de Derek.

27

Le tic-tac d'une horloge m'extirpe de mon sommeil. Dans la pénombre de la chambre, j'ai peine à le voir. Je tâtonne sur les draps, jusqu'à ce que ma main l'atteigne. Il est bien là. Cela me rassure. Je laisse ma main sur sa peau. La chaleur qui s'en dégage me fait le plus grand bien. Je reste étendue à ses côtés jusqu'à ce qu'il se réveille. Le soleil se lèvera quand il voudra, rien ne presse.

Nous sommes le 14 juillet. On annonce vingt-huit degrés aujourd'hui et un soleil de plomb. Ce sera parfait pour célébrer ! Nous fêterons l'anniversaire de notre petite dernière. Les enfants devraient être à la maison après l'heure du dîner. J'ai beaucoup à faire avant leur arrivée, mais je n'ose pas me lever. Je m'apaise au son de sa respiration cadencée.

C'est mon moment préféré de la journée. Mon moment de grâce. Ma main ridée et usée par le temps monte et descend au rythme de son souffle depuis plus d'une heure maintenant.

Il se réveille. J'en aurais pris encore.

— Bonjour, mon cœur, dit-il d'une voix enrouée.

— Bonjour, mon bel amour.

Il se blottit au creux de mon bras comme chaque matin depuis bientôt trente ans. On se lève en même temps que le soleil. On pourrait faire la grasse matinée. Rien ne nous oblige à nous lever tout de suite. Mais notre vie au ranch nous y a habitués.

L'odeur du jambon à la bière que j'ai mis au four avant d'aller me coucher se répand à travers toute la maison. C'est la fêtée qui a choisi le menu.

En prenant son café, il m'aide à éplucher les pommes de terre que j'ai récoltées la veille. Il met la table pour que tout soit impeccable. De cette façon, on pourra profiter au maximum des petits-enfants quand ils arriveront.

Notre homme à tout faire est sur le tracteur de pelouse. Il est entré dans nos vies comme une bénédiction. On peut maintenant travailler à notre rythme. Il besogne pour nous depuis cinq ans.

Les chevaux et les moutons sont au pâturage et notre jardin est en fleurs.

En sortant mon jambon du four, je ne peux m'empêcher de jeter un coup d'œil au cadre accroché au mur de la cuisine.

Mes parents, ils sont si beaux. Je ne peux pas croire qu'ils nous ont quittés. Aujourd'hui, j'ai l'impression qu'ils veillent sur nous. Je pense à eux et à la chance qu'on a eue de les avoir près de nous jusqu'à la fin.

Juste à côté de leur photo, il y a celle de notre famille. Nos deux merveilleuses filles, leurs maris et nos cinq petits-enfants.

Ils seront là d'une minute à l'autre. On s'installe sur le perron, qui fait le tour de la maison. Dans nos chaises respectives, un café à la main, on se berce en attendant leur arrivée. On ne parle pas. On est bien. On regarde tout autour et je sais que l'on pense la même chose. De temps en temps, il lâche quelques mots:

— La vie est belle.

Le bruit des pneus sur les cailloux nous ramène sur terre. On entend les deux voitures qui s'engagent au bout du chemin. Elles ont toujours été inséparables, les filles. Elles habitent le même quartier, portent les mêmes vêtements et rient sur le même ton, en même temps.

Avec un peu plus de difficulté qu'à nos vingt ans, on se lève et on s'appuie de chaque côté de la colonne de bois, devant la maison. Le sourire aux lèvres, on fait des signes de la main, jusqu'à ce que les autos s'immobilisent.

Les huit portières s'ouvrent simultanément. Cinq petits-enfants s'en échappent en courant vers nous. Deux beaux garçons et trois jolies filles.

— Grand-papa Derek, grand-maman Lily! s'écrient-ils.

Les bras grands ouverts, on les accueille. Pendant que je rentre chercher les plateaux de biscuits que je leur ai préparés, Derek va donner un coup de main aux gendres, qui ont des bagages pour deux jours. Ils passeront le week-end avec nous!

On discute pendant de longues heures en prenant l'apéro sur la balançoire pendant que les enfants jouent dans la cour en arrière. On les surveille d'un œil attentif. Tantôt ils s'aspergent avec le boyau d'arrosage, tantôt ils arrachent des mottes de foin pour nourrir les chevaux à travers la clôture. Les garçons se chamaillent un peu tandis que les filles essaient de les calmer.

Trop vite, le soir descend. Encore une fois, on n'a pas vu le temps passer. On entre et on s'installe à table autour du bon repas que je leur ai concocté avec amour. Les plats circulent de main en main, et chacun se sert à tour de rôle.

Les enfants, qui ont mangé avant nous, sont réunis devant la télévision.

On en profite pour sortir le gâteau d'anniversaire, en cachette. Un immense gâteau au chocolat. Derek craque une allumette, allume les bougies et on passe au salon en chantant.

Joyeux anniversaire ! Joyeux anniversaire !

La nuit tombée, on place des matelas partout au salon pour les enfants surexcités, qui ne dormiront pas. C'est comme ça chez grand-père et grand-mère. Ils sont tous assis autour de grand-papa Derek, qui leur raconte une histoire.

Il était une fois des gens heureux !

Plus tard, fatigués et comblés, on montera à la chambre à coucher. Au pied du lit, on s'enlacera pendant de longues minutes en se disant à quel point on s'aime. On s'endormira en dernier, une fois que toute la famille se sera assoupie.

Et moi, pendant ce temps, je remercierai Dieu. Je le louangerai de m'avoir donné la chance de vieillir auprès de ceux que j'aime.

28

La sonnerie de mon téléphone retentit et m'arrache à mon rêve. Dans la pénombre de la chambre, j'ai peine à le voir. Je tâtonne les draps, jusqu'à ce que ma main l'atteigne. Il est bien là. Cela me rassure. Je laisse ma main sur sa peau. La chaleur qui s'en dégage me fait le plus grand bien. Je reste étendue à ses côtés jusqu'à ce qu'il se réveille en sursaut.

— Est-ce qu'on est en retard ? dit-il.

— Ne t'en fais pas, j'allais te réveiller.

Il se blottit au creux de mon bras. Je le laisse faire. Il y passe quelques minutes avant de se lever. Un peu étourdi par la sieste qu'il vient de terminer, il se dirige vers les rideaux.

Il appuie à son tour sur le bouton qui ouvre le pan de mur drapé. Le jour tombe et les lumières de la ville s'allument. Des millions de petits réverbères scintillent. New York nous dit bonsoir.

— Je vais aller prendre une douche tout de suite. Tu risques d'avoir besoin d'un peu plus de temps que moi pour te préparer.

En attendant, je reste bien enfouie au creux des draps blancs. Le calme avant la tempête. Cette chambre est parfaite pour les couples amoureux qui ne veulent pas quitter des yeux la peau de l'être cher. L'immense douche en verre, juste à côté du lit, m'intimide un peu. À quelques reprises, je me retourne pour l'apercevoir.

La buée envahit les carreaux. Pendant de longues minutes, il savonne son corps en s'assurant que je suis encore en train de l'épier. Je vibre de tout mon corps. Je me retiens pour ne pas le rejoindre. Là, tout de suite.

L'eau cesse de couler. Le spectacle n'a pas duré assez longtemps. J'aurais pris quinze minutes de plus. Il sait que j'appréciais la vue. Pourtant, il arrête tout.

— On descend prendre l'apéro, tranquilles, avant de se rendre à la réception ?

— Si tu veux !

Je n'ai plus envie d'y aller. J'ai seulement envie de rester ici, au trente-troisième étage du Four Seasons, pour assouvir ces pulsions qui ne cessent de s'intensifier entre Derek et moi. Cela devient insoutenable.

Question de tourner le fer dans la plaie, il sort de la salle de bain vêtu d'une serviette blanche qui laisse entrevoir le galbe de sa cuisse musclée.

On se relaie. À mon tour, j'entre dans la salle de bain en prenant soin d'y apporter mes vêtements. Je ne me promènerai pas devant lui en serviette, mais je vais lui faire subir le même châtiment que celui qu'il m'a infligé. C'est un petit jeu qui se joue à deux.

L'eau fraîche des premières secondes sous la douche me refroidit les esprits d'un coup. Soudain, je repense au songe que j'ai fait tout à l'heure. Un triste mélange entre le rêve et le cauchemar. L'eau qui descend de ma tête à mes pieds en passant par mon visage camoufle les larmes que ces images font jaillir de mes yeux.

Tout était beau dans ce rêve, mais il ne sera malheureusement pas réalisable.

Ensuite, je me demande si, comme moi, Derek regarde à travers le verre givré de la douche pour y apercevoir ma silhouette. Je m'imagine que oui. Pour être sexy, je savonne mes cheveux longuement, comme dans une publicité de shampoing. Puis je me trouve ridicule.

Je me rince, je ferme le robinet de la douche et j'en pousse la porte. Quelques notes de musique me parviennent. Je l'entends siffloter, de l'autre côté du muret qui sépare le lit de la salle de bain. Le moment est absolument parfait!

Son gel douche et son parfum embaument la pièce. J'attrape une serviette que j'enroule autour de mes cheveux et une autre que j'attache autour de ma taille, pudiquement.

De ma main droite, je fais de petits mouvements circulaires dans le miroir de la salle de bain pour en enlever la buée. Je découvre le visage d'une vieille femme. Probablement celle que j'ai aperçue en songe. Je secoue la tête pour reprendre mes esprits. Le fait que je ne vieillirai pas m'obsède de plus en plus. Je crois que je suis en train de devenir folle.

Je sèche mes cheveux et les attache pour enfiler ma robe noire. Celle que j'ai mis des heures à choisir. Je me parfume un peu, me maquille et mets mes boucles d'oreilles. Finalement, je détache ma crinière, qui tombe en cascade sur mes épaules. J'enfile mes souliers à talons hauts, ceux que je portais le soir où j'ai rencontré Derek.

Je jette un dernier coup d'œil au miroir. Ma robe semblait plus ajustée il y a quelques jours. Je crois que j'ai encore perdu du poids. Mes seins ont aussi écopé. Je replace mon soutien-gorge pour m'assurer que tout est impeccable. Malgré ma taille frêle, je suis satisfaite de ce que je vois.

Dance Me to the End of Love de Leonard Cohen joue dans la chambre. Derek est là, debout face à la fenêtre. Sa silhouette me dit que je vais aimer sa tenue. Il se retourne.

Il porte un complet noir. Cet homme est plein de mystères. Comment a-t-il pu traîner jusqu'ici un habit, sans le froisser, dans un sac à dos ?

Quoi qu'il en soit, je ne rêve pas. Sa chemise blanche parfaitement repassée laisse deviner ses pectoraux. Le nœud papillon à son cou lui donne des airs de *crooner*. Ses souliers noirs sont éclatants.

— Vous êtes ravissante, mademoiselle Walter !

— Je vous retourne le compliment, monsieur Freeman.

Gênée, je tire sur ma robe pour la descendre un peu et je passe une main dans mes cheveux. L'impression de ne pas être à la hauteur me rattrape.

Sur la table vitrée au milieu de la pièce, il dépose les deux verres de bourbon qu'il tenait. De la poche arrière de son pantalon, il sort une petite boîte en velours bleu.

— J'ai quelque chose pour toi.

Il tient le présent de sa main gauche et l'ouvre de sa main droite, dévoilant un magnifique collier serti de diamants.

— Derek, tu es fou ! Je ne peux pas accepter !

— Ne t'en fais pas, Lily. Après tout, c'est ta soirée !

Délicatement, il décroche le bijou du coussin de soie sur lequel il repose et s'approche de moi.

— Laisse-moi te le mettre.

Je relève mes cheveux pour lui laisser le champ libre. Il attache le collier autour de mon cou. Il tombe à la perfection sur mon décolleté, que j'avais pris soin de mettre en valeur avant de sortir de la salle de bain. Je me retourne pour me regarder dans le miroir.

— Derek, il est magnifique.

D'un geste assumé, il prend ma main droite de sa main gauche et m'enserre la taille de son autre main. D'un mouvement ferme, il ramène mon corps contre le sien. C'est lui qui mène la danse. Je ne fais que me laisser aller au son de la musique, nerveusement. J'espère qu'il ne remarque pas la moiteur de ma paume.

Nous dansons, au trente-troisième étage du Four Seasons, à l'affût de chacun de nos regards, avec pour seul témoin la ville de New York. Comme lorsque l'on s'est rencontrés.

Ensuite, nous décidons que nous serons mieux à la chambre qu'au bar de l'hôtel. De toute évidence, ce n'est pas fait pour nous, les soirées mondaines. On prend l'apéro en parlant des chevaux, de son adaptation au ranch, de mes parents. De toutes ces choses qui font que j'apprécie à ce point ma nouvelle vie.

Il est déjà 18 h 30. Je remets mes chaussures et on se dirige vers la porte. Avant de sortir, je regarde le lit. J'ai déjà hâte de le retrouver, en fin de soirée. Je respire un grand coup, puis on quitte la chambre, puisqu'il faut bien y aller.

29

Main dans la main, on se dirige vers la salle de bal où a lieu la fameuse réception. Les gigantesques portes en verre sont ouvertes et plus de cinq cents personnes sont dispersées dans la salle pour prendre l'apéro. J'avais peur d'être trop chic. Heureusement que j'ai mis le paquet !

Je ne reconnais aucun visage pour le moment. Probablement des clients, des collaborateurs et des distributeurs du journal. La musique est si forte que j'ai peine à entendre ce que Derek me dit à l'oreille.

— Es-tu certaine que nous sommes dans la bonne salle ?

— Je ne sais pas. Je ne reconnais personne.

À peine sommes-nous entrés qu'une voix surgit derrière moi.

— Comme je suis heureux de vous voir parmi nous, mademoiselle Walter.

— Nous sommes dans la bonne salle, dis-je à Derek.

Je reconnais cette voix désagréable. Une voix qui ne manquait pas à mon existence.

— Monsieur Colt ! Comment allez-vous ?

— À merveille ! répond-il en arrêtant un joli serveur pour lui soutirer trois verres de champagne sans même le remercier, fidèle à lui-même.

Je ne crois pas qu'il en soit à son premier, d'ailleurs. Il semble déjà un peu éméché. Il nous offre un verre, en commençant par Derek, bien entendu. Je savais qu'il deviendrait son point de mire. Il en a presque oublié ma présence.

— Qui est donc ce jeune homme qui vous accompagne ?

— Monsieur Colt, je vous présente Derek.

Il lui tend la main.

— Vous pouvez m'appeler Bernard.

Je n'en reviens pas. Pendant tout le temps où j'ai travaillé pour lui, jamais je n'ai pu prononcer son prénom. Il n'en était tout simplement pas question !

Derek me regarde en souriant, comme pour me narguer.

Bernard revient à la charge :

— Est-ce que votre nouvelle vie vous plaît, mademoiselle Walter ?

J'étais convaincue qu'il me poserait la question. Comme je l'avais prévu, il affiche cet air hautain qui signifie que j'ai gâché ma vie. Aussi bien plonger dans le vif du sujet, sans détour.

Je perds soudainement toute envie de l'appeler monsieur.

— Oui, Bernard. Je te remercie de t'en informer !

Déstabilisé de m'entendre lui parler familièrement, il bafouille :

— Bien. Sachez que vous serez toujours la bienvenue au journal, si toutefois vous changiez d'idée.

Il attrape alors au passage un canapé dans le plateau d'un autre joli serveur, en lui faisant un clin d'œil. À croire que c'est lui qui a choisi le personnel pour sa réception. Je n'ai vu passer que des garçons depuis notre arrivée. Ils sont tous blonds, musclés et basanés. Probablement les critères de beauté de l'implacable Bernard.

Il nous tourne le dos et se dirige tout droit vers la scène. Effectivement, il ferait mieux de donner son discours maintenant, avant que l'alcool ne le frappe en plein visage.

— De toute ma vie, je n'ai jamais rencontré d'être aussi ignoble que lui. Il est désagréable et narcissique. Il s'écoute parler. Il aime le son de sa voix... Je le déteste.

— Ne sois pas de mauvaise foi. Il n'est pas si désagréable. Il a même un petit quelque chose de sympathique.

— Tu es sérieux ?

— Bien entendu !

— Je te le laisse, alors, dis-je en lui administrant une claque à l'abdomen.

Derek me prend par la taille et me ramène vers lui, comme pour me calmer. Le stress m'envahit. Je ne peux pas croire que je suis ici, à perdre mon temps. Ce n'est qu'une soirée, je sais. Mais une soirée, c'est important quand il te reste moins d'une année à vivre !

J'avale mon verre de champagne d'une gorgée et, à mon tour, je fais de l'œil au joli serveur pour qu'il s'approche de moi, dans l'espoir que l'alcool me fera oublier tout cela.

Je lui troque mon verre vide contre un plein. Je regarde Derek pour lui demander d'un signe de tête s'il en veut un autre. Il me montre son verre pour que je constate qu'il n'a pas eu le temps de prendre une seule gorgée encore. Je dois me modérer, sinon je ne passerai pas à travers la soirée.

— À la santé de Bernard !

Soudain, la musique change complètement. Sur un roulement de tambour assourdissant et sous un tonnerre d'applaudissements, Bernard effectue son entrée en scène telle une *rock star*. Il donne deux bons coups sur son micro, qui est déjà ouvert. Les convives sursautent.

Il tousse et entame son discours :

— Chers amis, fidèles lecteurs et distingués invités, bienvenue à cette soirée tenue par le *New York Prime*.

Tout le monde applaudit pendant que je marmonne :

— Vieux con !

Il poursuit :

— Depuis bientôt quinze ans, nous sommes ancrés dans le cœur des New-Yorkais. Notre nom n'est plus à faire, grâce à vous. Ce qui fait le succès de ce journal, c'est la proximité que nous avons avec les habitants de cette ville et le travail acharné de nos employés, qui se donnent corps et âme pour livrer chaque semaine du contenu de grande qualité.

J'applaudis avec les gens. Je suis d'accord avec ce qu'il dit, pour une fois.

— Tout au long de la soirée, nous remettrons des certificats de reconnaissance aux employés dévoués qui ont fait la renommée de ce journal au fil des ans. Commençons maintenant.

La lumière provenant de l'immense lustre au centre de la pièce s'éteint aussitôt. Puis, je me retrouve au beau milieu de la salle, éblouie par le rayon puissant d'un projecteur. Toutes les têtes se tournent dans ma direction, moi qui déteste être le centre d'attention.

Je regarde tout autour, ne comprenant pas trop ce qui m'attend. Je lance un coup d'œil interrogateur à Derek. Depuis un moment, il est toujours là pour me sortir de l'embarras. Pas ce soir. Il me fait signe qu'il n'a aucune idée de ce qui se passe.

Au fond de la salle, un écran géant descend tranquillement du plafond. Devant les yeux ébahis des invités, je réalise, en voyant les photos de toutes les couvertures que j'ai créées au fil des huit dernières années, que j'étais la première élue pour les hommages, ce soir. J'ai l'impression de revivre ma courte carrière en accéléré. Du début jusqu'à la toute fin. Mon visage ne trahit aucune gêne, mais affiche au contraire un sourire de fierté. Je regarde Derek et je comprends pourquoi il insistait autant pour que j'assiste à cette soirée. Il se recule pour me laisser toute la place. Après de longues minutes de visionnement, les gens qui m'entourent se mettent à m'applaudir chaleureusement.

De ma vie, je n'ai jamais rien vécu d'aussi intensément valorisant. En deux minutes, Bernard Colt a justifié toutes les nuits d'insomnie et tous les sacrifices que j'ai faits ces dernières années. Soudainement, je sens une main se poser sur mon épaule, d'une douceur que je reconnais. Je me retourne et m'effondre au sol. D'un coup, le ruisseau qui s'écoulait de mes yeux se transforme en océan.

Rosie est là, un bouquet de fleurs dans les mains. Elle est magnifique. Je n'y crois pas… Je me relève pour l'enlacer longuement.

— Tu m'as tellement manqué, Rosie.

— Toi aussi, Lily, tu ne peux pas savoir.

Je vois Derek essuyer ses larmes à l'aide de son mouchoir. Il est sensible en plus ! Le sourire moqueur qu'il envoie à Rosie me révèle que cela était orchestré de toutes pièces. Ils ont tout manigancé dans mon dos sans que je me doute de quoi que ce soit. Rosie me confirme que son silence était calculé et inévitable.

— J'avais tellement hâte que cette soirée arrive. Tu comprends que je ne pouvais pas répondre à tes messages. Tu me connais. C'est sûr que j'aurais tout gâché de cette surprise.

— C'était interminable, Rosie. Ne me refais plus jamais ça.

— Promis…

À nouveau, on se serre dans nos bras.

— Alors, tu ne m'en veux pas ?

— Tu sais bien que je ne pourrais jamais t'en vouloir, Lily. Je t'aime trop. Tout ce que je désire, c'est ton bonheur. Et si je me fie au garçon qui t'accompagne ce soir, il ne saurait tarder, le bonheur !

On éclate de rire. On se promet, Rosie et moi, de se parler tous les jours et de ne plus jamais se quitter. Elle me dit qu'elle me rendra visite. Dès qu'elle le pourra. Elle m'avoue avoir loué ma chambre à Mark, le beau massothérapeute qu'on avait rencontré au spa. Lui et son copain ont emménagé la semaine dernière, ce qui donnera un immense coup de main à Rosie quand viendra le temps de régler le loyer, chaque mois. Cela me soulage.

Derek nous rejoint. La musique reprend et le champagne coule à flots. Nous dansons jusqu'à ce que je ne sente plus mes jambes et le bas de mon dos. Tantôt avec Bernard, tantôt avec d'autres collègues que je n'avais pas vus depuis mon départ pour les vacances de Noël. Si mon ex-patron n'a jamais su être reconnaissant, il se reprend ce soir. Tous les employés sont enchantés de voir à quel point leur travail est indispensable au *New York Prime.*

Je me permets quand même de dire à M. Colt le fond de ma pensée. Qu'il n'est pas nécessaire d'organiser un bal tous les dix ans, et qu'une bonne tape dans le dos une fois de temps en temps au bureau ferait le bonheur de tous !

Derek est parfait. Il s'assure que je ne manque de rien tout au long de la soirée. Je ne sais pas si c'est dans sa nature ou s'il protège son territoire.

Il a dû remarquer que Matthew, un collègue à moi, a passé la soirée à me courtiser. Il m'a toujours trouvée à son goût, ça, je le savais. Mais jamais il n'avait osé m'adresser la parole. Son bureau était pourtant juste à côté du mien. Cela illustre bien le proverbe : l'alcool rend l'homme semblable à la bête. Ses avances me laissent indifférente. Ce qui me charme, ce sont les propos de Derek.

— Qui est ce gars qui te tourne autour depuis le début de la soirée ?

— C'est un ami à moi. En fait, un collègue. On n'est pas vraiment amis.

— J'ai l'impression que lui aimerait bien être plus qu'un ami.

— Seriez-vous un peu jaloux, monsieur Freeman ?

En guise de réponse, il me donne un long baiser, sous les yeux ravis de Rosie, qui constate que le bonheur n'était effectivement pas si loin.

Étourdis par l'alcool et les pas de danse, on la raccompagne au taxi. Derek règle la facture au chauffeur, d'un montant assez généreux pour qu'elle n'ait pas à mettre la main dans sa poche.

— Tu es certaine que tout va bien aller, Rosie ?

— Ne t'en fais pas, Lily. Si tu es heureuse, c'est tout ce qui compte pour moi.

Je baisse les yeux. De ses mains froides, elle remonte mon visage et me fixe droit dans les yeux.

— Es-tu heureuse, Lisa Walter ?

— Oui, je le suis.

On se laisse sur la résolution de ne plus jamais passer aussi longtemps sans se donner de nouvelles, surprise à camoufler ou pas. Elle repart toute seule, au fond d'un taxi, pour rejoindre ses deux colocataires afin de poursuivre la fête.

Malgré les choses que je ne lui ai pas dites encore, je rentre, épuisée et soulagée, au bras de Derek.

30

Devant le comptoir de la réception, je m'appuie sur mon homme pour enlever mes chaussures, qui me coupent la circulation tellement j'ai les pieds enflés. Je tire ma robe vers le bas pour la centième fois depuis le début de la soirée. Je replace mes cheveux ébouriffés et je le suis.

En entrant dans l'ascenseur, Derek appuie sur le bouton qui nous propulsera jusqu'au trente-troisième ciel. Je ne sais pas ce qui se passe dans un ascenseur. Pourquoi, dès que les portes se referment, a-t-on envie de s'embrasser ?

On se dévore des yeux tout au long de la montée. Il ne perd rien pour attendre.

On se dirige vers le bout du corridor où se trouve notre chambre. J'arrive devant la porte avant lui. Il sort le foulard de soie de la poche de son veston et me le place sur les yeux.

Aveuglée, je me retourne pour lui parler. J'ai à peine le temps de dire deux mots qu'il dépose un baiser sur mes lèvres, me forçant à me taire. Je suis attentive à ses moindres faits et gestes. J'ai l'impression d'être soumise et cela me plaît. Même que cela m'excite. Je l'entends fouiller dans la poche de son pantalon pour attraper la carte magnétique servant à ouvrir la porte.

Le bip m'indique que l'on peut maintenant pénétrer.

L'odeur de son gel douche flotte encore à travers la pièce. Mais il est mélangé à un doux parfum. Celui du bonheur.

Délicatement, il dénoue le foulard et me rend la vue.

Je ne peux les compter, mais il doit bien y en avoir une centaine. Une centaine de petites chandelles parfumées qui scintillent, avec en arrière-plan la ville de New York recouverte d'un voile blanc.

Au pied du lit, une bouteille de champagne repose dans un seau à glace.

Mes genoux fléchissent. Cette fois-ci, ce n'est pas sous l'effet de l'alcool. Je m'agrippe à son bras, qu'il me tend gentiment.

— Veux-tu t'asseoir ?

Je ne réponds plus.

Il profite de ces quelques secondes de silence pour mettre une main de chaque côté de mon visage et il s'approche doucement pour m'embrasser. C'est toujours aussi bon que lors de notre première rencontre. Ici même au Four Seasons, il y a un mois à peine.

Les yeux fermés, je savoure le goût alcoolisé de ses lèvres. Je sens sa main droite se glisser derrière mon cou pour atteindre la fermeture éclair de ma robe, qui ne tarde pas à tomber au sol, à mes pieds.

Brusquement, j'arrache les boutons de sa chemise en ouvrant celle-ci.

On se retrouve nus devant la grande fenêtre. On s'enlace et on s'embrasse à la lueur des chandelles et des réverbères de la ville. Rapidement, nos caresses nous mènent au creux des draps blancs de notre lit. On passe par des montagnes russes d'émotions. De la douceur à la fougue, puis de la passion à la tendresse. Je m'abandonne à lui tout entière.

Après de longs ébats, on abdique, fatigués et heureux. J'ai oublié tous mes maux. Je ne sens plus mon corps.

Lui sur le dos et moi vautrée au creux de son épaule, je touche lentement les poils qui se dressent sur son torse nu. Je me demande lequel de nous deux flanchera et dira les premiers mots.

— C'était merveilleux.

J'acquiesce d'un petit rire nerveux.

Il poursuit:

— Est-ce que je peux t'avouer quelque chose?

Je relève mon visage en direction du sien. J'ai peine à l'apercevoir, dans la pénombre de la chambre.

— Qu'est-ce qu'il y a, Derek?

— Ce n'est pas rationnel, je sais. Mais je rêvais de ce moment depuis le jour où l'on s'est rencontrés.

Je soupire, soulagée.

— Je ne peux pas te cacher que j'y ai pensé souvent, moi aussi.

Il laisse passer quelques minutes pendant lesquelles il me caresse les cheveux, puis il finit par me dire ce que je ne voulais pas entendre. Ce que je ne peux pas entendre. Ce qui ne devait pas arriver.

— Je t'aime.

La réalité revient me fouetter en plein visage. Soudainement, je redeviens la fille rationnelle et calculée que j'étais avant. Je ne peux pas, c'est impossible. On se connaît à peine. Il ne faut pas qu'il s'attache à moi. Dans moins d'un an, je le laisserai en plan, inévitablement, puisque je serai morte.

— Je ne sais pas quoi te dire, Derek.

Un long silence s'installe dans la chambre 3370 du Four Seasons. Je ne gâcherai certainement pas cette soirée parfaite en lui avouant que je ne suis pas apte à vivre une relation amoureuse en ce moment. Il voudra alors savoir ce qui m'en empêche et je devrai mentir. Encore une fois…

— Je suis désolé, je n'aurais pas dû, Lisa.

Bouleversée et incapable de fournir une explication valable, je mets fin à la conversation. Sans ajouter quoi que ce soit, on s'endort, blottis l'un contre l'autre.

31

Pour ne pas le réveiller, je me glisse lentement hors du lit. Il est 4 heures du matin. J'ai l'impression qu'on vient à peine de se coucher. Je n'aurais pas dû abuser des bonnes choses de la vie, la veille.

On a prévu quitter la chambre à 8 heures, mais je ne parviens pas à dormir. Mon corps vibre encore, j'en tremble. J'attrape mon journal pour en noircir quelques pages. Je m'attarde surtout sur la brusque fin de soirée. Les derniers mots de Derek résonnent encore dans ma tête. Deux petits mots, pourtant si puissants... Je t'aime...

Deux petits mots qui sont restés dans les airs, au-dessus de notre lit. Deux petits mots que je n'ai pas été capable de capter au vol. Deux petits mots que je ressens aussi, mais que je m'empêche de prononcer.

Dommage. Même dans mes rêves les plus fous, cela n'aurait pas pu mieux se passer. Absolument tout y était. De la première à la dernière seconde. Tout y était, sauf moi.

Au bout de quelques heures, il ouvre doucement les yeux. Je suis déjà debout depuis un bon moment. Mes bagages sont rangés et ma valise attend au bord de la porte. Je suis prête à retourner à ma vie d'avant, en Iowa.

— Bonjour !

Machinalement, je lui réponds la même chose, par politesse. Le malaise vient effacer tout relent des ébats de la veille et du surplus d'alcool qui nous sort par les pores. Derek saute en bas du lit, oubliant qu'il est complètement nu.

Il attrape le drap d'un geste rapide et l'enroule autour de sa taille pour se rendre à la salle de bain, ce qui confirme qu'il ne se sent pas bien. La conversation se fait rare. On s'en tient aux propos de base, le minimum requis. De tout petits « Laisse, je m'occupe de ta valise » et « Après toi » s'échappent de sa bouche, de temps en temps.

En chemin, je m'arrête devant une distributrice. J'ai tellement soif. Un jus d'orange fera l'affaire ce matin, question de m'hydrater un peu.

On descend à la réception, on s'empare d'un *New York Prime*. Malgré mon état comateux, je remarque que la page couverture est beaucoup moins attrayante que lorsque j'y travaillais.

On se trouve à nouveau devant le vieil homme qui a travaillé toute la nuit et qui, malgré tout, reste fidèle au poste. Inévitablement, il remarque qu'on a un peu moins de plaisir que la veille. Derek discute avec lui pendant que notre transport nous attend.

— L'aéroport, s'il vous plaît.

— Avec plaisir !

Ce sont les seuls mots qui sont prononcés dans cette voiture. Il reste seulement deux heures avant notre vol. On n'a plus de temps à perdre. On fonctionne au ralenti ce matin.

J'avale deux cachets, espérant que mon mal de vivre passera. Derek fixe la fenêtre pendant tout le trajet, dans le silence le plus complet. Je le regarde à plusieurs reprises, sans qu'il s'en aperçoive. Puis, je remarque le chauffeur qui nous épie dans son rétroviseur. Il semble nous analyser. Il doit croire qu'il a affaire à un vieux couple qui n'a plus rien à se dire.

Et pourtant… J'aurais tant à lui dire ce matin. À commencer par le fait que je suis follement amoureuse de lui.

Mais plus j'y pense, plus je me convaincs que c'est insensé. De toute façon, si Derek savait qu'il éprouve des sentiments pour une mourante, il prendrait ses jambes à son cou. C'est immoral. Tantôt, je lui en veux de m'avoir draguée, tantôt, je m'en veux de m'être laissé faire. Alors, mes pensées basculent vers la nuit dernière et je me dis que c'était la plus belle chose qui pouvait m'arriver au fond.

De ma main gauche, je tâte le cuir de la banquette arrière du taxi. Derek est d'une telle froideur. Cette distance entre nos deux corps, elle n'existait pas hier. Il était près de moi. Je pouvais sentir la chaleur de sa peau. Pas aujourd'hui.

Soudainement, j'ai peur d'avoir tout gâché. Et probablement que lui se dit la même chose ! On aurait dû éteindre le feu plutôt que de panser nos brûlures.

Et le temps passe…

— Est-ce que tu préfères le hublot? demande-t-il poliment.

— Non, merci, Derek.

Je suis déjà assez étourdie comme ça. Ce n'est pas nécessaire de voir dehors en ce moment. J'ai l'impression de vivre le jour de la marmotte. L'avion s'avance sur le tarmac, comme hier. Mais rien n'est pareil. Les moteurs s'activent et l'appareil prend son élan, tandis que nous nous calons dans notre siège.

Quelques heures plus tôt, il serrait ma main dans la sienne au moment de l'envol, puisque je lui avais dit à quel point j'ai horreur du décollage.

Aujourd'hui, je me contente de fermer les yeux et d'enfoncer mes ongles dans le tissu de mon siège, de chaque côté de mes cuisses.

On s'envole vers l'Iowa, là où les bêtes nous attendent. Elles n'en ont rien à cirer, de ce qu'on a fait la veille, à New York. Tout ce qu'elles veulent, c'est de la nourriture et de l'eau fraîche.

Hier, le vol a semblé court. Aujourd'hui, il me paraît interminable. Il me flanque la nausée. Je m'étais toujours demandé s'il arrivait vraiment qu'un passager utilise le petit sac qui se trouve dans la pochette devant chaque siège.

Moi, Lisa Walter, je le fais. À plusieurs reprises. Sous les yeux de l'homme avec qui j'ai passé la plus belle nuit de ma vie.

32

Depuis notre retour de New York, j'ai passé les deux semaines les plus longues de ma vie. Je ne devrais pas me plaindre. Au contraire. Je devrais être heureuse que le temps me paraisse plus long, puisqu'il est compté. J'ai eu ce que je voulais.

De longues et interminables journées à faire comme si tout cela n'existait pas. Ce n'est pourtant pas ce que je souhaitais. Mon besoin de lui est plus fort que tout, maintenant. Il m'habite jour et nuit, m'empêchant de fermer l'œil. Si ça continue, je ne survivrai pas jusqu'à la fin de l'année, comme l'a prédit le Dr Edward.

Du jour au lendemain, notre vie a changé. Comme si nous étions devenus des étrangers.

Chaque matin, c'est la même histoire. Derek se lève avant moi, puisque mon corps est tellement épuisé que même la sonnerie de mon réveil ne suffit plus à m'extirper de mon sommeil.

En se dirigeant vers la salle de bain, il cogne à ma porte de chambre, jusqu'à ce que je lui donne un petit signe de vie.

— Ça va, je suis réveillée.

Au son de ma voix rauque, il poursuit son trajet vers la salle de bain pour prendre sa douche.

On descend et on déjeune avec mes parents, qui ont pris l'habitude de nous accueillir avec un café, un bol de fruits et deux rôties de pain de ménage. Chaque matin, c'est pareil. On avale le tout en discutant un peu, en ne faisant semblant de rien.

Puis, on se rend au ranch. On a appris à bien travailler ensemble. On n'a même plus besoin de se parler. Je sais exactement ce que je dois faire. Lui, il effectue les tâches plus difficiles, en gentleman. De temps à autre, je dois avoir recours à sa force herculéenne. C'est à ce moment que je prononce son nom. Bien entendu, il accourt.

La journée passe, lentement.

Maman nous apporte à manger directement à l'étable. On ne prend même plus le temps de rentrer à la maison pour dîner et se réchauffer un peu. On poursuit le travail jusqu'à 16 heures environ.

Ensuite, on selle mon cheval.

Chose promise, chose due. Une heure par jour, je lui apprends à monter. C'est le seul moment de ma journée que j'apprécie vraiment, même s'il s'exerce dans le silence absolu. Tout ce que je fais, c'est lui donner mes consignes, qu'il exécute.

Moi, j'essaie de monter le moins souvent possible, pour épargner mon corps lourd de douleur et question d'éviter tout soupçon.

Je le regarde courir en rond, à l'intérieur de l'enclos que mon père a fabriqué de ses mains. Il est sexy, à cheval.

Épuisée, je remonte à ma chambre tout de suite après le repas, sous l'œil inquiet de maman, qui me pose de plus en plus de questions. La fatigue se manifeste jour après jour. Derek reste un peu pour discuter avec papa de ce qu'on aura à faire le lendemain. Par miracle, quand j'arrive à fermer l'œil, je rêve de la nuit qu'on a passée ensemble, en plein cœur de Manhattan. Je me réveille en pleurant. Cela me prend des heures avant de me rendormir. Je ne sais pas combien de temps tout cela va durer. Mon portable m'indique que nous sommes le 13 février. Demain, ce sera la Saint-Valentin. Je ne peux pas m'empêcher d'y penser.

Lui, il se fait de plus en plus distant, sans doute pour se protéger. Je ne lui en veux pas. Je ne lui ai pas vraiment donné le choix. Respectueusement, il fait attention à tous ses faits et gestes.

Pour ne pas créer de malaise, il verrouille la porte de la salle de bain lorsqu'il s'y trouve. Je le sais, je l'ai vérifié à plusieurs reprises quand je vais l'écouter prendre sa douche à travers la porte. J'en suis amoureuse, c'est évident. Mais je ne peux rien y faire… Le compte à rebours se poursuit. Dix mois, c'est tout le temps que j'ai devant moi.

Ce qui me désole, c'est qu'à cause de cet homme je devrai me résoudre à les vivre en étant malheureuse. Il est déjà trop tard. Même si papa le congédiait sur-le-champ, je n'aurais pas assez du reste de ma vie pour oublier cet amour impossible. Il n'y a pas d'issue.

33

Le soleil traverse la vitre légèrement givrée de ma chambre et vient se heurter contre le bout de mon nez. C'est ce qui me sert de réveille-matin aujourd'hui. Étais-je trop profondément endormie pour entendre les jointures de Derek frapper contre ma porte, à l'aube ?

Mon corps endolori, amaigri, résultat des durs labeurs au ranch, me dit qu'il est l'heure de me lever. J'en suis incapable.

Je devrais être au travail depuis près de deux heures. Personne n'en a dit mot. Quelque chose ne va pas. Puisqu'il faut bien que je le fasse, je me hisse difficilement hors du lit. Je jette un coup d'œil par la fenêtre de ma chambre. Rien ne bouge. Le paysage est figé par la froidure de l'hiver.

Je m'étire un peu, en poussant un soupir de douleur. Puis je ramasse tout ce qu'il me reste de forces pour sortir de ma chambre.

J'aperçois un plateau déposé au pas de ma porte. Il est décoré d'un magnifique bouquet de fleurs. Ce sont des dahlias, mes fleurs préférées. Le tout est accompagné d'un petit mot. J'affiche un large sourire. Livraison à domicile aujourd'hui. Je me penche pour le récupérer, puis je retourne m'asseoir sur le lit. J'ouvre la petite note, que je croyais écrite des mains de ma mère, jusqu'à ce que je reconnaisse l'écriture de Derek.

Bonne Saint-Valentin, mon cœur.
Je t'ai laissée dormir ce matin. J'espère que cela t'aura fait le plus grand bien. Prends ton temps pour me rejoindre au ranch. Je m'occupe de tout aujourd'hui. Ne t'inquiète pas, je suis là.

D.

Force est d'admettre que cette attention me touche au plus haut point. J'appréhendais cette journée… Mais mon cœur balance entre bonheur et désespoir, encore une fois. Et si maman était tombée sur ce petit mot ? Peut-être qu'ils ont travaillé de concert pour tout prévoir. Derek connaît-il vraiment un fleuriste dans le coin, capable de fabriquer d'aussi jolis arrangements ?

Quoi qu'il en soit, je place le bouquet sur ma table de nuit et je m'installe pour profiter du petit-déjeuner au lit et de la matinée de congé que l'on m'offre si gentiment.

En terminant, comme on m'a proposé de prendre mon temps aujourd'hui, je me plonge au fond d'un bon bain chaud, mes écouteurs sur les oreilles diffusant en boucle *Dance Me to the End of Love* de Leonard Cohen.

Je nous revois, enlacés, au trente-troisième étage du Four Seasons. Je donnerais tout ce que j'ai pour m'y retrouver à l'instant, pour danser avec lui, jusqu'à la fin des temps.

Je n'aurai plus cette chance. Je n'ai pas été capable d'être honnête avec lui. J'aurais dû lui dire que j'étais éperdument amoureuse mais que, malheureusement, ma date d'expiration était trop proche. Ce n'est quand même pas ma faute si je vais mourir jeune. Je ne devrais pas me sentir coupable. Et ce n'est pas tout à fait ma faute non plus si je m'éprends de lui de cette façon. Il y est pour quelque chose, avec ses fleurs et son petit-déjeuner le matin de la Saint-Valentin.

Devrais-je continuer à me taire au sujet de ma maladie ? Et pourquoi lui en parlerais-je ? Pour qu'il reste ?

Soudain, j'imagine le pire... S'il le découvrait, il pourrait prendre ses jambes à son cou et foutre le camp avec mon cœur, qui cesserait de battre instantanément. Je ne peux pas concevoir qu'il puisse demeurer à mes côtés en sachant que, dans dix mois à peine, il devra me pleurer.

Évidemment, je me trouve égoïste. J'en voudrais à la terre entière si j'apprenais que quelqu'un que j'aime me cachait une telle information. Je ne peux pas appeler cela de la chance, mais disons que je suis en train de priver mes proches de cette opportunité que j'ai de connaître le moment de mon départ. Tout le monde n'a pas ce privilège. Celui de pouvoir faire du ménage dans sa vie, de profiter au maximum des personnes qui l'entourent et de leur faire ses adieux convenablement.

34

De ma main ridée, je cherche à tâtons la brosse à cheveux sur le petit meuble de bois. Je suis certaine de l'y avoir déposée.

— Calme-toi, maman, me dit-elle.

Je respire un grand coup, puis j'ouvre le tiroir du haut. Je l'attrape et referme le tiroir. Je reviens m'installer derrière elle, devant le miroir de la petite coiffeuse qui appartenait à ma mère. Je l'ai toujours gardée, en souvenir d'elle.

Elle est magnifique. Sa robe est d'un blanc immaculé. Ses cheveux, ornés d'une petite fleur mauve, descendent jusqu'au bas de son dos. Doucement, je les brosse.

On regarde notre reflet dans le miroir. Nos yeux s'inondent.

— Tu as le sourire de ton père, dis-je.

— Et ta beauté, répond-elle, émue.

— Tu sais qu'à ton âge je vivais à New York.

— Oui, maman, tu me l'as raconté.

— Je sais. Ce que je veux dire, c'est que j'étais loin d'être prête à me marier. Je me demande de qui tu tiens cette maturité. Je t'admire, ma fille. Tu as deux

beaux enfants, bien élevés, un bon emploi, une belle maison.

— Et un homme extraordinaire qui m'accompagne.

— Tu as raison. C'est ce qui est le plus important, je crois. J'ai compris cela le jour où j'ai rencontré ton père.

À nouveau, j'ouvre le tiroir de la commode pour en sortir une petite boîte de velours bleu.

— Qu'est-ce que c'est, maman ?

Je l'ouvre et j'en décroche le bijou, qui repose sur un coussin de soie. Elle s'exclame :

— C'est pour moi ?

— C'est le collier de diamants que ton père m'a donné lors de notre première soirée ensemble. Nous étions à New York, au trente-troisième étage du Four Seasons. J'avais à peu près ton âge. Il est à toi maintenant.

Elle soulève ses cheveux et je lui attache le collier.

— Il est magnifique, maman.

Elle se lève de sa chaise. Je me recule un peu pour admirer l'ensemble de l'œuvre. Je ne peux pas croire que c'est moi qui ai fait cela !

On se dirige vers l'escalier pour rejoindre le reste de la famille que l'on entend discuter depuis tout à l'heure. Les rires fusent à travers toute la maison. Je descends en premier pour ne pas gâcher le moment où le futur mari apercevra sa dulcinée.

— Une petite minute d'attention, s'il vous plaît.

Même les enfants se calment instantanément. Ils attendaient ce moment autant que les adultes.

Mon gendre comprend tout de suite ce qui se passe. Il me rejoint au pied des marches. Puis, elle se pointe, tel un rayon de soleil après un long orage. Derek enroule ses bras autour de ma taille en murmurant à mon oreille:

— Ton collier lui va à ravir!

On avait orchestré tout ça ensemble, lui et moi.

Comme prévu, on obtient le résultat escompté. Le futur marié, sous le choc, essuie une larme de son visage. Il échappe un petit « C'est le plus beau jour de ma vie ».

Lentement, notre fille descend l'escalier dans sa magnifique robe blanche.

Tous réunis dans la cour arrière, nous prenons l'apéro. Le jardin est en fleurs et les oiseaux chantent. On n'aurait pas pu avoir une plus belle journée. Amusée, je remarque le chapelet que j'avais accroché sur la corde à linge. J'ai oublié de l'enlever. Il est là depuis un mois. Je voulais être certaine que le temps serait parfait pour cet événement mémorable. Cela a fonctionné.

Les enfants ont soudainement moins d'intérêt pour ce qui se passe et ils se mettent à jouer. Avec raison. J'aurais fait la même chose à leur âge. Les filles, dans leurs robes de demoiselles d'honneur, et les garçons, dans leurs petits habits noirs, courent dans l'herbe. Les cravates n'auront même pas survécu à la photo de famille. Ce n'est pas grave.

Il est 14 heures. Le célébrant est sur le point d'arriver pour unir à jamais les destinées du jeune couple. Derek et moi ne nous lâchons pas des yeux. Nos regards complices, heureux et fiers nous confirment que nous avons réussi notre vie.

35

C'est la froideur de l'eau qui me réveille. En apercevant ma main ridée, je me souviens du rêve que je viens de faire. C'est étrange. J'ai l'impression de vivre une double vie, dans un univers parallèle. Une vie en deux actes. Je commence à m'y faire. C'est sans doute le seul moyen que j'ai de me voir avec des enfants et des petits-enfants. Au moins, en songe, je pourrai un peu jouir de ma vie de vieille avant de mourir.

Un frisson m'envahit. Je me blottis au creux d'un peignoir. Lentement, mes mains et ma peau se raffermissent pour retrouver l'éclat de la jeunesse. Bizarrement, je n'entends aucun bruit. Je me croirais seule au monde.

Je descends l'escalier pour me trouver face au champ de bataille qu'est la cuisine. Ce n'est pourtant pas dans les habitudes de maman de tout laisser traîner après le petit-déjeuner. Quelque chose a dû se produire.

Ils ont dû partir d'urgence. J'espère qu'aucun malheur n'est arrivé pendant que je me prélassais dans mon bain. Je jette un coup d'œil par la fenêtre. Le camion de papa est garé au beau milieu de la cour, à l'endroit habituel.

Inquiète, j'enfile mes vêtements de travail pour me lancer à leur recherche.

Leurs traces de pas dans la neige sont devenues presque invisibles. Le vent les a quasiment recouvertes. Je suis tout de même capable de voir qu'elles mènent au bâtiment principal. Je devine qu'ils y sont tous les trois. J'accélère la cadence et pousse la grande porte de bois qui craque. Maman se retourne, en pleurs.

— Que se passe-t-il, maman ?

Elle sourit, ce qui me rassure un peu. Je cours dans sa direction pour me retrouver face au spectacle qui l'accapare depuis plus d'une heure maintenant. Papa et Derek sont tous les deux agenouillés aux côtés de Bella. C'est aujourd'hui qu'elle verra pour la première fois ce qu'elle porte au fond de son ventre.

— Pourquoi n'êtes-vous pas venus me chercher ?

— Excuse-nous, chérie. Je devais rester auprès des hommes pour les assister.

Derek me regarde avec un large sourire. Je lui rends la pareille, en guise de remerciement pour le petit-déjeuner et les fleurs. Il comprend que cela m'a touchée au plus haut point.

— Est-ce que je peux faire quelque chose pour vous aider ?

— Apporte-nous un seau d'eau fraîche, s'il te plaît. Avec une éponge. Elle a chaud. Elle travaille fort !

J'obéis.

Pendant plus de quatre heures, maman et moi assistons à la mise bas, prêtant main-forte aux hommes, qui se chargent de veiller sur Bella. J'ai alors droit à la plus belle scène de ma vie. La rencontre entre une mère et sa progéniture, après plus de onze mois d'attente et de fabrication. Un des moments les plus attendrissants que j'aie vécus jusqu'à présent.

Les hommes ressortent de la stalle pour laisser leur intimité à la mère et la fille. Derek s'approche de moi.

— Tu vas lui trouver un nom ?

— Que penses-tu de Dahlia ? dis-je, faisant référence aux fleurs qu'il m'a offertes ce matin.

— Dahlia, ça me va, répond-il en souriant.

Maman retourne à la maison avant nous pour que tout soit impeccable à notre arrivée. Nous remettons de l'ordre dans l'écurie, puis nous nous assurons que les bêtes ne manquent de rien. Ce sera tout pour aujourd'hui.

Autour de la table, nous dégustons le bon repas que maman nous a préparé.

— C'est beau, la vie ! s'exclame-t-elle soudain.

Ces quelques mots suffisent à déclencher le haut-le-cœur qui me guettait depuis un moment.

— Tout n'est pas toujours rose, maman.

— Qu'est-ce que tu veux dire, Lisa ?

— Je veux dire que, parfois, la vie est injuste.

Le malaise que j'ai provoqué laisse tout le monde perplexe. À plusieurs reprises, mon regard croise celui de Derek, inquiet. On dirait bien que la journée l'a épuisé.

C'est papa qui ose briser le silence:

— Tu semblais aller mieux aujourd'hui, Lily.

— Excusez-moi, je crois que la fatigue et le stress me rattrapent.

Après le repas, Derek et moi nous installons au fond du grand sofa. Comme toujours, papa s'assoit devant le fauteuil de maman pour se faire jouer dans les cheveux. Quelques minutes plus tard, les hommes sont dans les bras de Morphée.

— Qu'est-ce que tu vas faire, Lily?

— À quel sujet?

— À propos de Derek.

Je fais semblant de n'avoir rien entendu. Je détesterais devoir mentir à ma mère, mais si elle m'y force, je n'aurai pas le choix de tout nier.

— Maman, je ne sais pas de quoi tu parles. Je suis fatiguée, je vais aller me coucher.

Elle soupire.

La journée est terminée pour moi. Derek ouvre les yeux et nous montons à l'étage sans dire un mot. Chacun se blottit au fond de son lit. Il fait un peu plus froid que d'habitude. Je sors mon journal pour y griffonner ces quelques mots:

Suis-je en train de passer à côté de ma courte vie?

Cette phrase, je la relis une bonne centaine de fois dans l'heure qui suit.

Puis, je me relève. Je marche doucement, aux endroits stratégiques, ceux que j'ai appris à reconnaître lorsque j'étais enfant et que je voulais sortir de ma chambre en silence.

Sans frapper, je pousse sa porte. Je l'entends se redresser dans son lit.

— Tu ne dors pas ?

— Non, j'en suis incapable.

Sans demander la permission, je m'avance vers son lit et m'y blottis. Instinctivement, il enroule son bras autour de ma taille. Pour la première fois en deux semaines, je suis bien. Je suis mieux…

J'essaie de m'exprimer :

— Derek…

Il m'arrête :

— Tu n'as pas à dire quoi que ce soit, Lily. Je comprends.

— Jure-moi de ne rien ajouter à ce que je vais te dire.

— Je le jure.

Le plus sincèrement du monde, je lui dis ce que je ressens au plus profond de mon être. À quel point sa présence dans ma vie m'est nécessaire. Et je termine avec les mots que je vais peut-être regretter un jour… Mais ce soir, je m'en moque !

— Je t'aime aussi, Derek.

36

Les jours s'enfuient. Les semaines se transforment en mois, à mon grand désarroi. Je me rends bien compte que le temps passe. Les journées au ranch me semblent de plus en plus longues. Je ressens la fatigue dans tous les muscles de mon corps. Cela me donne la nausée. Je pense que les courtes nuits, le stress et les corvées sont sur le point de prendre le dessus. Mes foutues migraines sont de pire en pire, mais je ne peux pas m'en plaindre, au risque de devoir fournir des explications. Je ne voudrais surtout pas que Derek ou mes parents m'obligent à aller consulter un médecin. Je dois faire comme si tout allait bien.

Tous les soirs, à table, je m'efforce de rester éveillée. Je fais tout pour avoir l'air intéressée par les parties de cartes, par les soirées autour du feu agrémentées de guitare et de longues discussions, quand, au fond de moi, je resterais couchée à longueur de journée.

Heureusement que la situation s'est améliorée avec Derek. Malgré la lourdeur de mon secret, il est là. Il me donne envie de me lever le matin. J'ai hâte au moment où l'on s'embrasse en cachette au ranch pour se souhaiter une bonne journée.

On est de plus en plus complices. On a dû se rencontrer dans une vie antérieure. Peut-on appeler cela des âmes sœurs ? J'ai l'impression que l'on s'est toujours connus. Qu'il fait partie de la famille. La vie serait tellement différente sans lui. Elle serait monotone.

On travaille au ranch, effectuant nos tâches quotidiennes, bien entendu, puisque c'est pour cela que Derek vit ici. Et pendant ce temps, je vois mon père et ma mère profiter l'un de l'autre pour la première fois et cela me comble de bonheur.

Le temps s'enfuit, emportant avec lui les rudes froids de l'hiver. Le printemps est bel et bien là. Les ruisseaux engourdis sont ressortis du bloc de glace qui les gardait figés.

Aujourd'hui, il fait particulièrement beau. La journée est magnifique, parfaite pour une randonnée. On se dépêche de s'occuper des bêtes au ranch. Puis, on selle les chevaux. Derek est maintenant un vrai pro. Les petits cours que je lui ai donnés ont porté leurs fruits.

Les arbres dégoulinent. Le soleil qui frappe sur ceux-ci fait fondre la mince couche de neige qui les recouvre, apaisant leurs épaules du poids de l'hiver.

Pour ma part, la venue du printemps n'allège en rien mes épaules et mon dos, qui se courbent de plus en plus.

Moi sur Jack, Derek sur Bella, on emprunte le sentier derrière le ranch.

On doit s'assurer que les clôtures ont survécu aux durs mois. La petite Dahlia suit sa mère de près. Rien ne peut les séparer. Elle explore son environnement, sous le regard bienveillant de sa maman. Elle découvre la vie, qui semble si belle à travers ses yeux.

Le sentier se referme, tel un entonnoir. Je m'arrête un instant pour laisser passer la petite famille devant moi. Je m'évade dans mes pensées. Je me dis qu'ils sont toute ma vie désormais.

Derek s'arrête et se retourne pour me regarder :

— Ça va, Lily ?

Je ne l'entends pas. Je suis ailleurs. Sur une autre planète. Je ne peux pas croire qu'à tout moment je pourrais le perdre. Je suis égoïste. J'ai l'impression de prendre tout ce qu'il a de plus beau en lui pour me soulager moi. Sans rien pouvoir lui offrir en retour. Que ma courte présence près de lui.

J'aurai été de passage. Un passage que l'on souhaite nécessaire plutôt qu'obligé.

Pourquoi faire vivre cela à quelqu'un volontairement ? Mais je ne peux plus reculer. C'est impossible. Je me suis enlisée dans la boue. Mes mains et mes pieds sont liés. Ce qui devait arriver est arrivé. Je suis follement amoureuse de Derek Freeman.

— Oui, ça va. Excuse-moi. Je contemple la nature, c'est tout.

Fidèle à ses habitudes, il me gave de compliments :

— C'est vrai que la journée est magnifique… à ton image !

Je fonds, en même temps que la neige autour. J'administre un léger coup de pied à Jack pour qu'il rejoigne les troupes. On fait le tour de la propriété. Tout semble normal. À quelques reprises, Derek s'élance du haut de sa monture pour redresser les piquets de clôture qui se sont affaissés sous le poids de l'immaculé manteau blanc. En un rien de temps, tout redevient comme avant le début de l'hiver. Plus aucune trace de son passage. C'est papa qui sera content. On pourra envoyer les bêtes paître plus tôt que prévu. Le temps nous le permet. Par endroits, on remarque le gazon qui se pointe le bout du nez pour prendre un petit bain de soleil. La vie poursuit son cours. Elle ne s'arrête jamais. Le temps file à toute allure.

Neuf mois si je suis chanceuse… Je ne peux m'empêcher d'y penser. Tout à coup, la terre tourne, à m'en étourdir. Je ne me sens pas bien. Un instant, j'entoure de mes bras le cou de mon cheval pour rester en selle. Derek m'aperçoit.

— Tu es certaine que ça va ?

Du haut de sa monture, il s'approche de moi, inquiet. Il en descend et m'aide à descendre à mon tour, avant que je tombe. Les couleurs disparaissent. Tout devient flou.

Je m'appuie contre mon homme. Il caresse mes cheveux.

— Je crois que tu as besoin d'un peu de repos, Lily.

— C'est simplement un petit mal de cœur. Je dois couver quelque chose, ça va passer…

Un frisson parcourt mon corps. Je ne sais pas si c'est dû à la maladie ou à la chaleur de sa main sur ma nuque. Je relève la tête pour me hisser sur mon cheval.

— Non, monte derrière moi. Ce sera plus sûr. Jack va nous suivre, ne t'inquiète pas.

Il monte d'abord et me tend la main pour me permettre de grimper, comme dans un conte de fées. Comme un chevalier qui vient au secours de sa princesse. Je ferme les yeux. La tête appuyée sur le dos de Derek, je verse des larmes qu'il ne verra jamais. J'imagine les prochains mois. Je risque d'être de moins en moins en forme. D'avoir de plus en plus d'étourdissements et de maux de tête. Je me vois devenir un fardeau pour ceux qui m'entourent. J'appréhende le jour où je devrai leur avouer que je leur ai caché la vérité pendant tout ce temps, alors que j'étais consciente de mon état de santé avant même de quitter New York. Que, malgré tout cela, j'ai laissé Derek s'amouracher d'une mourante. Il ne me le pardonnera jamais. Ce n'est pas qu'un léger détail. C'est une question de vie… et de mort.

Le soleil descend tranquillement, en même temps que ma vitalité. Je sens le cœur de Derek battre à travers son manteau. Cela m'apaise un peu. Je m'attarde à ces battements et m'y conditionne. Nous avons le même rythme mais, un jour, le mien s'arrêtera. Le sien devra continuer de battre sans moi.

On rentre au ranch en silence. Une fois de plus, il m'aide à descendre du cheval. Incapable de faire quoi que ce soit, je le regarde travailler.

— Est-ce que je peux te laisser t'occuper des chevaux ? Je crois que je vais aller me reposer.

— Bien sûr, mon cœur. Je te rejoins tout à l'heure.

Nous jetons un coup d'œil rapide vers la maison pour nous assurer que personne ne nous espionne par la fenêtre, puis nous nous embrassons.

— Je t'aime.

— Je t'aime aussi.

Je regagne la chaumière. Les parents sont installés confortablement au salon, profitant d'un des derniers feux de bois de la saison.

— C'est terminé pour aujourd'hui ?

— Oui, papa, tout est parfait. On pourra relâcher les bêtes dans les prochains jours.

— Tu ne manges pas une bouchée ?

— Non, merci, maman. Peut-être plus tard. Je suis épuisée.

Je me dirige droit vers ma chambre, où mon lit m'appelle. Les draps ont encore le parfum de Derek puisqu'il m'y retrouve chaque nuit. Je m'y sens bien. Il est seulement 19 heures, mais mon corps n'est pas au courant, apparemment. En appuyant ma tête contre l'oreiller, je disparais vers ce pays où mes rêves les plus fous ne se réaliseront jamais…

37

Le stationnement est bondé de voitures, ce qui est inhabituel. La messe de 16 heures n'est plus vraiment populaire de nos jours.

Je monte les quelques marches enneigées pour me trouver sur le perron de l'église. Je tends ma main gantée pour atteindre la poignée de la porte. C'est à ce moment qu'un gentilhomme intervient :

— Laissez, madame. Je m'en occupe.

— Bien aimable à vous !

Je pénètre dans le lieu sacré. Il m'est impossible de rejoindre mon banc, qui est situé à l'avant de l'église. Il y a foule. J'entre dans la file, ne comprenant pas trop ce qui se passe. Pendant de longues minutes, je dois faire du surplace. Puis, on avance de quelques pas. C'est ainsi pendant au moins trois quarts d'heure. Je reconnais des voisins et des amis. Puis, je vois des visages qui me sont complètement inconnus.

Pourtant, depuis toutes ces années à assister à la messe du samedi, je devrais reconnaître les fidèles.

J'arrive finalement à l'avant de l'église, où tout le monde est rassemblé. Je réussis à me faufiler à travers la foule pour essayer de comprendre pourquoi tous ces gens ne prennent pas place dans leurs sièges. L'orgue se fait entendre. Il résonne si fort qu'il fait vibrer les vitraux qui laissent pénétrer les derniers rayons du soleil à l'intérieur de la chapelle.

Puis, je comprends.

Je me retrouve face à face avec… le cercueil.

Je me demandais pourquoi tout le monde avait une face d'enterrement. Gênée, j'agis comme si tout était prévu. Comme si j'étais à ma place ici. Je fais un petit signe de croix et une prière pour le défunt. Une prière universelle, puisque je n'ai aucune idée de l'identité du disparu.

Je fais comme si je le connaissais. Le cercueil est fermé, ce qui n'aide pas ma cause. Je regarde tout autour pour voir si je ne trouverais pas une photo à travers les couronnes de fleurs et les offrandes qui ont été données à la famille. Pas de chance.

Je reconnais la vieille dame du restaurant du coin. Elle pourra sûrement m'aider, elle. C'est la pire commère que la terre ait portée. Elle assiste à toutes les funérailles et elle s'assure d'y être aux premières loges. Pour être sûre de pouvoir tout rapporter à ses clients. Je m'approche d'elle, hypocritement. Elle, elle saura.

— Bonjour, madame Wilson.

— Bonjour à vous.

— C'est triste, n'est-ce pas ?

— C'est rarement heureux, des funérailles.

— Vous avez raison.

Je reviens à la charge :

— C'est bête, je n'arrive pas à me souvenir de son prénom. J'ai un trou de mémoire.

— C'est Lisa. La fille de Bill et Elizabeth Walter.

Je suis morte…

Prise de panique, je me retourne et sors de l'endroit en bousculant tout le monde. Moi qui voulais passer inaperçue, c'est raté. Je poursuis ma course de l'autre côté de la grande porte. Le palier glacé me propulse au bas des marches devant le parvis de l'église, sous les regards décontenancés des hommes qui y discutaient.

38

— Chérie ? Est-ce que ça va ?

— Lily ?

J'ouvre les yeux. Maman, papa et Derek ont l'air soucieux.

— Que se passe-t-il ?

— À toi de nous le dire. On était au salon et on a entendu un vacarme d'enfer. On accourt pour te trouver étendue par terre à côté de ton lit !

— Je ne sais pas ce qui s'est passé. J'ai dû tomber en dormant.

Derek, inquiet, m'aide à me relever.

— Tu t'es fait mal ?

— Je ne crois pas, non.

Je n'aime pas les yeux de maman. Elle a changé d'expression d'un coup.

— Les garçons, laissez-moi seule avec elle, s'il vous plaît !

Elle n'utilise pas souvent l'impératif. Mais quand cela arrive, il ne faut pas la contrarier. Il faut obéir. Ce qu'ils font.

Je m'assois sur mon lit. Elle fait de même.

— Maman, ça va. Je suis tombée, c'est tout.

— Chérie, non, ça ne va pas et tu le sais très bien.

— J'ai seulement besoin d'un peu de repos.

— Tu ne pourras pas continuer comme ça éternellement, Lily. Si c'est ce que je pense, il faudra bien que tu diminues la cadence à un moment ou un autre.

Je fais semblant de ne pas savoir de quoi elle parle. Comment a-t-elle pu le deviner ? Comme je le fais si bien depuis mon arrivée ici, je joue l'innocente. Elle ajoute :

— Tu sais, cela m'est arrivé à moi aussi. Et j'ai préféré le cacher à tout le monde. Je n'étais pas prête à en parler. Quand, un jour, les gens autour l'ont appris, j'ai accepté l'aide qu'on m'a offerte et la vie est devenue plus facile.

— Maman, tu vas bien ?

— Oui, mais il est question de toi en ce moment.

Je ne suis pas certaine de comprendre. Maman vient-elle de m'annoncer qu'elle est malade, elle aussi ? Je la laisse continuer en espérant qu'elle me sortira du brouillard.

— Puis, je suis allée voir le médecin.

— Qu'est-ce qu'il t'a dit ?

— Il m'a dit que j'attendais une fille et tu es arrivée.

En terminant sa phrase, elle sort de sa poche une petite boîte qu'elle me tend.

— Qu'est-ce que c'est ?

— Un test de grossesse.

J'éclate de rire.

— Maman, je ne suis pas enceinte, voyons !

J'ai failli mettre les pieds dans le plat. Je pensais qu'elle parlait de ma maladie.

— Tu n'allais pas me le cacher encore bien longtemps, Lily. Je le vois dans tes yeux. Ta simple façon de sourire quand tu le regardes me confirme que tu en es follement amoureuse, de ce garçon. Et ton père et moi, on veut que tu saches qu'on te donne notre approbation. Nous l'apprécions énormément. Et ne va pas croire que je n'entends pas ses pas quand il vient te rejoindre dans ta chambre chaque soir. À partir de maintenant, tu peux lui dire qu'on est au courant. Arrêtez de faire semblant. Ce sera moins éprouvant pour toi. C'est fatigant à la longue de toujours cacher la vérité.

Elle se relève et quitte la chambre. Je regarde le test de grossesse en me disant que c'est ridicule. Elle a deviné pour Derek, je le lui accorde. Mais pour la grossesse, c'est impossible.

Sans attendre une minute de plus, j'envoie un texto à Rosie pour lui expliquer le moment étrange que je viens de vivre. Elle me répond dans la seconde. Nous discutons un instant.

Peu après, Derek apparaît dans l'embrasure de ma porte. Sous mon oreiller, je m'empresse d'enfouir la boîte que maman a laissée sur le lit, à côté de moi. J'ai eu mon lot de moments embarrassants pour aujourd'hui.

Il chuchote :

— Est-ce que tu veux que je dorme dans ma chambre ce soir?

— Bien sûr que non. Maintenant que je sais qu'ils sont au courant!

39

— Bonjour, mon cœur, lance Derek de l'autre bout de la pièce.

Mes parents font comme s'ils n'avaient rien entendu. J'imagine que je m'y habituerai. Pour l'instant, c'est étrange.

Il passe derrière moi et me donne un doux baiser dans le cou.

— Je m'en vais au ranch, tu viens me rejoindre plus tard ?

— Oui. Ce ne sera pas très long.

Derek sort de la maison, un café dans la main.

Je quitte la table, puis remonte l'escalier.

Je ramasse mon portable sur ma table de chevet. J'ai besoin de parler à Rosie. Elle me comprendra. On a vécu cette situation si souvent ensemble. Sauf que, cette fois-ci, c'est de moi qu'il s'agit. Je compose son numéro, que je connais par cœur. Une voix répond :

— Allô ?

— Est-ce que je te réveille ?

— Je ne dormais plus, mais je flânais encore un peu au lit…

— Es-tu seule ?

— Oui. Les gars ont dormi chez des amis. Est-ce que ça va ? Tu sembles bouleversée.

— Bouleversée est le mot juste, chuchoté-je.

— Lily, parle plus fort, je t'entends mal.

Sur la pointe des pieds, je me dirige vers la salle de bain et m'y enferme.

— Rosie, je ne peux pas vraiment parler plus fort. Je veux seulement que tu m'accompagnes pour les trois prochaines minutes. OK ?

— T'accompagner comment ?

— Attends.

Je dépose le téléphone sur le lavabo de la salle de bain, juste à côté de moi. Je baisse mon pantalon. Soudainement, je m'aperçois dans le miroir. J'ai l'air ridicule. Puis, j'attrape la petite boîte que maman m'a remise. Je veux en avoir le cœur net.

En direct de New York, Rosie s'emporte et hurle à l'autre bout du fil :

— Est-ce que c'est une blague, qu'est-ce que tu fais, Lily ?

Avant qu'elle alerte la maisonnée au grand complet, j'attrape le téléphone pour en diminuer le volume.

— Un test de grossesse, Rosie.

— Quoi ? Tu crois être enceinte ?

Je m'énerve :

— Je ne sais pas. J'ai toujours la nausée et je tombe de fatigue. Peut-être que cela a un lien.

— Attends, reste calme, Lily. Est-ce que Derek et toi, vous essayez d'avoir un enfant ?

— Bien sûr que non. Je te l'aurais dit, voyons.

— Vous avez des relations protégées ?

Je ne réponds pas. Dans ma tête, j'entends l'éternel sermon que je passais mon temps à lui faire lorsque nous vivions sous le même toit. Me voilà, quelques mois plus tard, à uriner sur un bâtonnet de plastique, qui me dira si oui ou non j'ai été assez insouciante pour faire un enfant à un homme extraordinaire à qui je devrai annoncer qu'il n'aura pas le choix de l'élever tout seul.

— Je n'ose pas regarder. J'ai peur.

— Voyons. C'est un enfant, Lily, ce n'est pas la fin du monde.

Elle ne sait tellement pas de quoi elle parle ! C'est bien pire que la fin du monde. Si c'est le cas, je ne pourrai pas le garder. C'est insensé. C'est sûr que je vais en mourir. Je l'ai vécu avec Rosie. J'ai été bouleversée pendant des mois après notre sortie de la clinique d'avortement, et il n'était même pas question de mon enfant. Perdue dans mes pensées, j'oublie qu'elle est encore au téléphone.

— Allez, vas-y. Peu importe ce qui arrive, je serai là pour toi. Comme tu l'as été pour moi.

Je respire un bon coup. Je n'ai plus le choix maintenant. La main tremblante, je rapporte l'objet souillé à la hauteur de mes yeux.

Plus un mot ne se fait entendre de part et d'autre. Pendant un certain temps, tout ce qui est audible, ce sont des respirations saccadées.

— Alors ?

Je demeure muette.

— Alors ? répète-t-elle.

— C'est positif, Rosie.

— Oh ! Je vois. Veux-tu que je te rejoigne ? J'ai un peu d'argent de côté.

— Je dois te laisser, Rosie. Je crois que je vais être malade.

Je raccroche et regagne ma chambre, incapable de prononcer un mot de plus. Rosie m'écrit. Elle veut s'assurer que je vais bien. Couchée sur mon lit, je ne donnerai signe de vie à personne de toute la journée. Le choc est trop grand. La confirmation est irréfutable. Oui, j'ai été assez idiote pour faire un enfant à un homme extraordinaire à qui je devrai annoncer qu'il n'aura pas le choix de l'élever tout seul.

40

Il m'a rejointe la nuit dernière, mais j'ai fait semblant de dormir. Je ne voulais pas l'affronter. J'avais peur qu'il me questionne, qu'il me demande comment avait été ma journée. Qu'il veuille savoir sur quoi avait porté la discussion que j'avais eue avec ma mère, et surtout, pourquoi je ne l'avais pas retrouvé au ranch, comme prévu.

On n'aura pas besoin du réveil ce matin. Nos yeux sont déjà grands ouverts depuis un bon moment. Il sait que quelque chose ne va pas. Il le sent.

J'ai passé une partie de la nuit à chercher la meilleure façon de lui annoncer la nouvelle. Qui en serait une bonne, si la mère ne mourait pas quelques semaines à peine après l'accouchement.

Il ouvre le bal:

— Je te sens malheureuse…

Si au moins il savait.

— Je ne le suis pas, Derek. Je te le jure.

— Alors qu'est-ce qui se passe, Lily? Est-ce que c'est ta vie au ranch qui ne te convient plus?

Préfères-tu qu'on retourne à New York ? Ton père pourra se trouver un autre employé, j'en suis certain. On pourra rester le temps qu'il y arrive et après on repartira !

— Tu serais prêt à faire cela ?

— Évidemment que je le ferais. Qu'est-ce que tu crois ?

— Ma vie ici me convient parfaitement. Elle est ce que j'ai de plus beau. Et tu en fais partie.

— Alors, que se passe-t-il ?

Tout d'un coup, je m'imagine le perdre à force de cachotteries. Je me dis alors que je dois cesser de tergiverser et que, plus tôt je lui dirai, plus facile sera ma vie. J'attrape la perche qu'il me tend.

— Est-ce que tu veux des enfants, Derek ?

— Je n'y avais jamais pensé encore. Mais on peut en discuter si cela peut te rassurer.

— Malheureusement, la discussion arrive un peu trop tard.

Tandis que nous sommes tous deux couchés sur le dos, je prends sa main et la dépose sur mon abdomen.

— Ce n'est pas une blague ?

— Non, Derek.

Figé un instant, il décante la nouvelle que je viens de lui balancer en plein visage. Personne ne bouge. Pas même le fœtus qui pousse dans mon ventre. Puis, je l'entends renifler. Je doute de la nature de l'émotion. Est-ce que ce sont des larmes de joie ? On est ensemble depuis à peine deux mois, et déjà je porte son enfant.

Lorsqu'il se retourne pour m'embrasser et poser sa tête contre mon ventre, je comprends.

— Je ne pensais jamais pouvoir vivre quelque chose d'aussi beau de ma vie. Je pense à ma grand-mère. Elle sera fière. Je suis devenu un homme maintenant. Un homme comblé.

— J'avais si peur de ta réaction, Derek.

— Je vais être papa !

41

Même si je ne m'habitue pas à l'attention qu'ont les autres à mon égard, les jours qui ont suivi l'annonce de ma grossesse ont été rassurants pour moi. Si j'ai eu peur de la réaction de Derek, je peux dire aujourd'hui que c'est l'homme le plus heureux et le plus bienveillant qui soit pour la future maman que je suis. Il raconte à qui veut l'entendre notre roman d'amour. Deux étrangers qui se croisent par hasard un soir puis se retrouvent à bord d'un même avion… Et, quelques semaines plus tard, je porte son enfant. Le destin a travaillé fort dans notre histoire, je l'avoue. J'espère simplement qu'il travaillera en ma faveur dans les mois qui suivront.

Il faut voir son regard de fierté lorsqu'il raconte à un pur étranger qu'il va devenir papa. Alors que je le tire subtilement par le bras pour qu'on poursuive notre route, lui, il me répète toujours la même chose :

— Il faut prendre le temps de discuter avec les humains qu'on croise, Lily. Tu ne sais pas ce qu'ils ont à te raconter. Un étranger avec qui tu discutes pendant cinq minutes peut changer le cours de ta vie, dit-il en caressant mon ventre.

Je sais bien qu'il a raison ! Mais ma vessie préférerait qu'il ait un peu moins de conversation, parfois. Il s'occupe de moi comme si j'étais à l'article de la mort. Même s'il ne sait rien de mon état de santé.

Mes symptômes eux, s'entremêlent : nausées, migraines, étourdissements, vomissements. Mais à présent j'ai un alibi. Je peux tout mettre sur la faute de la grossesse. Mon fœtus commence à peine à ressembler à un être humain que, déjà, il a le dos large.

Chaque semaine depuis qu'on sait qu'on attend un enfant, on rend visite à la grand-mère de Derek. On lui apporte son épicerie et quelques petites gâteries. Derek en profite pour déblayer son perron et effectuer de menus travaux sur la maison dans laquelle il a grandi. Pendant ce temps, je discute avec cette femme au dos courbé et aux épaules voûtées. Elle n'a pas eu la vie facile, je le ressens. Elle en a gros sur le cœur. Malgré cette vie qu'elle me raconte par petits morceaux, elle a toujours été là pour s'occuper du fils de sa fille.

La maman de Derek est décédée des suites de complications d'une opération qu'elle a dû subir quelques semaines après son accouchement. Et son mari, le père de Derek, ne s'en est pas remis. Un soir, les yeux noyés de désespoir, il a amené Derek dans son siège d'auto à sa grand-mère, avant de tourner les talons. Ils ne l'ont jamais revu.

Derek ne sait pas que je suis au courant de l'histoire de ses parents. Sa grand-maman se tait dès qu'il nous rejoint, comme si elle me racontait le plus précieux des secrets. Je crois simplement qu'elle ne veut pas rouvrir la plaie.

Il préfère ne pas en parler et je le comprends. Mais ce qui m'inquiète le plus, c'est que je pourrais lui faire vivre exactement la même chose. Comme si le traumatisme n'avait pas été assez grand la première fois. Si je devais partir quelques semaines après avoir donné naissance à notre enfant, est-ce qu'il s'en remettrait, lui ? Est-ce qu'il ferait la même chose que son père, abandonnant notre enfant à mes parents, qui commencent juste à profiter de leur vie ?

Je me rassure en me disant que ce qu'il a vécu l'a rendu fort et qu'il n'a jamais manqué d'amour. Il a eu une enfance heureuse. Sûrement même plus douce que s'il était resté avec son père, qui avait probablement du mal à s'occuper de lui-même.

Je me dis que Derek ne voudrait pas faire vivre une chose pareille à son enfant.

Chaque jour, j'en connais un peu plus sur lui, j'apprends à le découvrir. Il a le cœur grand comme la terre.

Pendant un instant, je me surprends à faire comme ma mère. Par la fenêtre, je le regarde déblayer la galerie, et je l'admire. Je le trouve beau, intelligent et fier. Toutes les qualités que je voulais que possède le père de mon enfant.

Il donnerait sa vie pour aider les autres. Tandis que moi, je m'efforce de la garder jusqu'à ce que j'aie accouché. Je me bats en secret et chaque nouveau jour est une victoire pour moi.

42

La sueur dégouline sur mes tempes. Mes reins me font souffrir le martyre. J'ai déjà du mal à me traîner.

On connaît un des étés les plus humides que l'on a eus depuis longtemps en Iowa. Nous sommes en plein cœur de juillet. Derek trime dur aux champs, toute la journée. Papa nous donne un bon coup de main pendant que maman s'occupe de la maison.

Pour ce qui est de moi, le conseil familial m'a condamnée aux travaux légers. Du moins, jusqu'au jour où ma bedaine m'empêchera de me glisser derrière le volant du tracteur. Je conduis le gigantesque engin pendant que Derek marche derrière. À plusieurs reprises, il accourt vers moi pour me demander si je vais bien et si j'ai besoin d'une pause. Il est patient et attentionné. Le genre de père que l'on veut avoir pour sa progéniture.

L'enfant pousse tranquillement en moi. Il se fabrique un nid au creux de mon ventre arrondi. Je coche chaque jour qui passe au calendrier, en priant le Bon Dieu de me garder en vie encore un peu. Le soir, avant de s'endormir, Derek attrape la guitare de papa et chante au petit de douces berceuses qui ont pour effet d'endormir la maman. Puis, il éteint les lumières et s'endort, une main sur mon ventre. Il veut être sûr de ne rien manquer du moindre coup donné contre mon abdomen.

Mes parents ne sont pas redescendus de leur nuage depuis que nous leur avons annoncé la nouvelle. En moins de deux, ils avaient averti la famille entière.

Au grand désarroi de Derek et de ma mère, j'insiste pour me rendre seule aux différents rendez-vous en clinique pour rencontrer mon nouveau médecin de famille. La raison est fort simple. Je veux éviter le survol de mon dossier médical devant les membres de ma famille.

Avant d'y emmener Derek, qui veut à tout prix assister aux derniers rendez-vous avec moi, j'aurai préalablement pris soin d'aviser le personnel de la clinique qu'ils ne doivent pas dire un mot aux membres de ma famille sur mon état de santé, qu'ils considèrent comme stable, pour le moment.

Selon eux, je devrais être capable de mener ma grossesse à terme.

Grâce à l'échographie, on a su qu'on allait avoir une petite fille. Il fallait voir le visage du papa s'illuminer. On a transformé la chambre de Derek en chambre de bébé. On l'a repeinte d'un rose pâle aux reflets tendres. Derek y travaille depuis le début de la semaine, en revenant du champ. Dans le coin, tout près de la fenêtre, on a installé le moïse que papa a fabriqué de ses mains. Il est tout simplement magnifique. Un mobile se balance juste au-dessus. À l'intérieur, on a mis une couverture de laine que maman a tricotée spécialement pour la petite. Je crois qu'elle sera gâtée.

Encore cinq longs mois à attendre avant de l'avoir enfin dans nos bras. Je ne sais trop par quel miracle je pourrai la voir grandir, malheureusement. Mais pour l'instant, tout ce que je souhaite, c'est de la voir venir au monde.

43

Les premiers flocons commencent à tomber. L'automne a passé tellement vite cette année. Je devrais me désoler de voir les journées s'enfuir ainsi, mais j'avais tout de même hâte que l'été s'en aille. Je n'en pouvais plus des chaleurs insupportables et des nuits humides et collantes. Au moins, mes cauchemars ont cessé ces derniers temps. Évidemment, puisque je ne dors plus.

Le mois de décembre est déjà là. Je ne peux m'empêcher de penser que nous aurons bientôt fait le tour du calendrier depuis l'annonce de mon diagnostic et mon départ de New York.

Derek et maman m'aident à descendre l'escalier et me mènent jusqu'au camion de papa. C'est impensable d'y grimper seule maintenant. Une fois à l'intérieur du véhicule, je me glisse difficilement sur la banquette. C'est maman qui m'accompagnera aujourd'hui. Elle a insisté.

Derek ne viendra pas. Il doit rester au ranch avec papa pour veiller sur cette vache qui est sur le point de vêler. J'envie la bête. J'aimerais être dans sa position en ce moment. En train d'expulser mon bébé.

J'ai épuisé tous les vêtements de grossesse que j'ai achetés et ceux qui m'ont été offerts dans les derniers mois. La nappe de la table de cuisine me va à merveille, en revanche. J'ai pensé l'enrouler autour de ma taille et m'en faire une robe ce matin. Maman m'en a empêché.

En principe, ça devrait être le dernier rendez-vous de routine avant l'accouchement. Si tout se déroule comme prévu, dans moins de deux semaines, on devrait accueillir le poupon à la maison. Tout est prêt pour son arrivée.

— Essaie d'éviter les bosses, maman, s'il te plaît. J'ai l'impression que ma vessie est sur le point d'éclater.

— Excuse-moi, chérie. Je ne suis pas habituée à conduire le camion de ton père.

— Pourrais-tu me dire quelque chose de rassurant, s'il te plaît?

Elle sourit.

À peine vingt minutes plus tard, on entre dans la clinique. Je file directement à la salle de bain.

En sortant, je trouve le médecin, qui m'attend à la réception.

— Bonjour, mademoiselle Walter, comment allez-vous?

— À part mes reins, ma vessie, mes jambes et mes nausées, vous voulez dire?

— Mademoiselle Walter, est-ce que je peux vous voir tout de suite dans mon bureau, s'il vous plaît?

On est chanceux aujourd'hui. On n'aura pas besoin d'attendre pendant une heure sur une chaise droite. Naturellement, maman me suit.

— Est-ce possible de vous rencontrer seule ?

Je regarde maman, qui me fait signe d'y aller, l'œil inquiet.

Je suis le médecin en me demandant ce qu'il a de si grave à me dire. À deux semaines de la fin de ma grossesse, je ne peux pas croire que je ne m'y rendrai pas… C'est tout de même un scénario que je m'imagine.

— Docteur, dites-moi que tout va bien et que ma grossesse se rendra à terme.

— Oui, voyons ! Ne vous en faites pas. Je voudrais simplement parler à votre médecin au cabinet de New York pour clarifier certaines choses dans votre dossier médical. Il est impossible à joindre depuis quelques jours, et j'aurais besoin de certaines informations. Pouvez-vous m'aider ?

En faisant semblant que cela ne m'inquiète pas, je fouille au fond de mon sac à main pour en ressortir un petit papier sur lequel est écrit le numéro de portable du Dr Edward. Celui qu'il m'avait remis en cas d'urgence, juste avant que je quitte son bureau, la dernière fois que je l'avais vu.

Après avoir obtenu l'approbation de la secrétaire du médecin, maman entre dans le bureau.

— Tout va bien, Lisa ?

Le médecin s'empresse de répondre à ma place :

— Oui, madame Walter. Si tout se passe comme prévu, d'ici deux semaines, vous devriez pouvoir bercer votre petite-fille.

— Vous m'en voyez ravie !

Le médecin effectue les examens d'usage avant de nous laisser reprendre la route. On avait dit aux hommes que l'on ne serait pas de retour avant 14 heures. On est en avance sur notre horaire.

— Tu sais que tu roules vingt kilomètres en dessous de la limite permise, maman ?

— Oui, je sais. Je prends soin de ma femme enceinte.

On finit par arriver à la maison. En quelques secondes, je comprends pourquoi on roulait si tranquillement : pour ne pas gâcher la surprise qui m'attendait !

Il y a des ballons partout. De toutes les teintes de rose. La cour est bondée de voitures. J'en reconnais quelques-unes. La famille y est, les voisins aussi. Les plus jeunes n'ont pas compris le concept de la surprise. Je les aperçois, épiant par la fenêtre pour nous voir arriver.

— Je peux savoir ce qui se passe ici ?

— On s'est dit que tu risquais d'être à l'hôpital cette année pour Noël. Alors, on a devancé le réveillon de quelques semaines.

Derek s'approche de la fenêtre de la porte d'entrée pour nous faire signe de patienter une petite minute. Notre arrivée précoce les a sans doute déstabilisés dans leur préparation.

La porte s'ouvre sur la famille qui est réunie partout dans la maison. Il y a des banderoles accrochées tout autour.

Joyeux Noël ! Bon anniversaire ! C'est une fille !

Apparemment, on a beaucoup de choses à célébrer. Le salon déborde de cadeaux. La fête de Noël a des airs de *shower* de bébé cette année.

On m'installe au salon dans le grand fauteuil, comme une reine. Fidèle à ses habitudes, Derek est aux petits soins. C'est lui qui a orchestré tout cela, et je dois dire que c'est réussi. Chacun m'apporte ses présents achetés pour moi, le bébé et la famille… Tout le monde a pris soin de les emballer dans de petits sacs décorés d'oursons et de bonbons.

Je n'ai jamais été aussi gâtée de toute ma vie. Je devrais être contente. Derek ne manquera de rien, ça, c'est sûr. Mais je sens mon cœur se serrer en voyant défiler les pyjamas, les montagnes de couches et les peluches, toutes plus jolies les unes que les autres.

C'est comme si tous mes proches s'étaient oubliés pour me combler cette année.

Les yeux au bord du déversement comme un nuage annonçant l'orage, je regarde maman et papa.

— Je n'ai rien prévu encore pour votre cadeau.

Ils échangent un coup d'œil en souriant avant de me répondre que leur cadeau est dans mon ventre en ce moment.

Croyant avoir fait le tour des présents qui m'étaient destinés, je me relève pour remercier les invités.

Derek prend la parole :

— Pas si vite, Lily, ce n'est pas terminé.

Je rougis et me rassois.

— On a une autre surprise pour toi.

Plus personne ne bouge. Le silence s'installe. Juste assez pour que l'on entende des pas descendre le grand escalier. Énervée, je me retourne.

— Rosie !

À la vitesse de l'éclair, malgré mon ventre si gros qu'il m'empêche d'attacher mes chaussures, je bondis de ma chaise pour l'enlacer.

— Je suis tellement heureuse de te voir, Lily !

— Moi aussi, tu n'as pas idée.

— Attends, j'ai quelque chose pour toi.

Elle enfouit sa main dans sa poche et en ressort un pendentif.

— Tu sais que je crois que tu mérites la lune, mais je ne pourrai jamais te l'offrir.

Les yeux pleins d'eau, sous le regard ému de ma famille, je le prends. Je sèche mes larmes pour admirer les trois petits cœurs se balançant au bout d'une chaîne en argent. Deux plus gros, sur lesquels sont inscrits les noms de Lisa et Derek, et un plus petit, représentant cet autre cœur qui bat au fond de moi.

Juste en dessous, il est gravé : *Je serai toujours là pour toi.*

— Tu vas rester avec nous pour les prochaines semaines ?

— Je ne manquerais cela pour rien au monde !

44

À bout de forces, je relève la tête pour voir ceux qui m'entourent et pour reprendre mon souffle. La douleur est telle que je ne sens plus mes jambes. Un sentiment étrange m'envahit. C'est comme si je ne méritais pas la fierté que tout le monde me témoigne. Pourtant, j'ai réussi. J'ai mis au monde un petit ange. Le plus beau cadeau d'anniversaire que j'aie jamais reçu. Je n'aurais pas pu demander mieux pour mes trente ans.

Derek me regarde comme si j'étais une déesse. Inutile de lui dire comment je me sens en ce moment. Je n'ai rien d'une déesse. De sa main gauche, il attrape la mienne. Debout à côté de mon lit, il passe sa main droite dans ma crinière ébouriffée.

— Je suis fier de toi, Lily.

Je lui souris malgré tout. D'un mouvement brusque, il se retourne et file vers la causeuse installée dans le coin de la chambre d'hôpital, comme s'il venait de réaliser qu'il avait oublié quelque chose. Il empoigne son manteau, fouille au fond de sa poche et en sort une petite boîte.

D'un pas rapide, il revient à mon chevet. Il ouvre la boîte. Ce que je craignais s'y trouve. Elle est aussi éblouissante que le reflet du soleil de décembre sur la neige immaculée. Visiblement ému, il attrape de nouveau ma main gauche en disant:

— Je sais bien que l'endroit n'est pas parfait, mais le moment, lui, l'est! Lisa Walter, veux-tu m'épouser?

Je ferme les yeux. Mes doigts se resserrent, se crispent. Je pense que je suis déjà morte. La surprise est telle que mon cœur a cessé de battre un instant. Rosie, maman et papa me regardent. Même les yeux clos, je devine leurs immenses sourires. Ils aiment tellement Derek. Moi aussi, je l'aime. C'est l'homme de ma vie! De ma courte vie…

En fermant les paupières, je prie pour me réveiller enfin. On va me dire que tout ça n'est qu'un mauvais rêve. J'ouvre les yeux. Ils sont toujours là. Suspendus à mes lèvres.

Si l'on était dans un livre, je répondrais: « Oui, je le veux! » Alors, mes parents, Rosie et le personnel hospitalier se mettraient tous à applaudir les futurs mariés. Si ça se trouve, le prêtre serait déjà de l'autre côté de la porte et nous ferions cela ici même, dans ma chambre d'hôpital, sous le regard envieux de quelques patients rassemblés dans le corridor pour assister au spectacle. Mon soluté se changerait en vin. Des confettis jailliraient de partout.

Comme le jour de notre première rencontre, Derek ferait signe aux musiciens d'entrer et ceux-ci entameraient les premières notes de guitare de *Bed of Roses* de Bon Jovi. On s'enlacerait, au milieu de nos convives émus.

Rosie terminerait la cérémonie en lançant: « Ils vécurent heureux et eurent beaucoup d'agrément. » Je la corrigerais en disant: « Ils vécurent heureux et eurent beaucoup d'enfants, Rosie. »

Malheureusement, ma vie est loin d'être un livre. Pas un conte de fées, en tout cas. Au risque de décevoir, je laisse échapper quelques mots que j'improvise à mesure et qui vont à l'encontre de ce que je répondrais si j'avais toute la vie devant moi:

— Je ne peux pas.

Mes proches redescendent instantanément du petit nuage sur lequel Derek nous a tous projetés il y a quelques secondes. Les patients continuent leur marche dans le corridor, les musiciens repartent et mon soluté redevient du soluté. Un lourd silence règne dans la pièce. Tout cela a assez duré.

— Rosie… Attrape mon bagage à main, s'il te plaît.

Je dépose ma tête en bataille sur l'oreiller inconfortable du lit d'hôpital. Elle me tend mon sac, que j'ai rempli à ras bord de tout ce que j'ai cru nécessaire d'emporter…

— Tu peux le vider pour moi, s'il te plaît?

Rosie fait ce que je lui dis. Elle vide le sac au pied de mon lit et me l'apporte.

Je l'attrape et fouille au fond de celui-ci.

— Il n'y a rien à l'intérieur, Lily. Tu viens de me demander de le vider.

Je persiste. Je sais que je l'ai cachée quelque part, cette enveloppe. Je lève le double fond et j'attrape la lettre que j'ai écrite il y a un an. Je m'arrête un instant. Est-ce vraiment le bon moment ? En fait, il n'y a jamais de bon moment pour annoncer sa mort imminente…

Hésitante, je tends l'enveloppe à Rosie, qui me regarde d'un air perplexe. Pourquoi elle ? Parce que j'ai toujours su qu'elle était forte malgré son innocence.

— Désolée de te faire cela, Rosie.

Papa, maman et Derek ne comprennent rien de ce qui se passe.

— Je crois bien que le moment est venu. J'espère que vous ne m'en voudrez pas trop. Rosie, peux-tu lire la lettre qui m'est adressée à voix haute, s'il te plaît ?

Elle obéit.

Je m'appelle Lisa Walter.

J'écris cette lettre pendant que je suis encore lucide. J'écris cette lettre pour me souvenir jusqu'à la fin. J'ai toujours été forte pour les gens qui m'entourent. Mais si vous lisez cette lettre aujourd'hui, c'est que je tombe de fatigue.

Ma vie fut-elle belle ? La réponse évidente est oui. Ma route fut-elle parsemée de regrets ? La réponse évidente demeure la même. Parmi ces regrets, il y a évidemment celui de vous avoir caché la vérité. L'ai-je fait pour vous protéger ou simplement parce que je n'ai jamais été capable d'affronter cette triste réalité? Je pense que c'est un mélange des deux.

Je me suis éloignée de ma famille pour m'installer à New York. Est-ce que je le regrette? La réponse serait non si je n'avais jamais connu ma date d'expiration et si elle n'était pas arrivée si tôt. J'y ai réalisé mon rêve, ma passion. Mais cela m'a aussi gardée loin des gens que j'aime.

Comme je n'ai plus de temps pour les regrets maintenant, je devrai simplement espérer une chose. Que vous m'accordiez votre pardon. En attendant, tout ce qu'il me reste à faire, c'est vivre, le temps qu'il me reste...

Je vous aime...

Lisa
23 décembre 2016

Les yeux de mon amie se perdent derrière un épais brouillard de larmes. Je ferme les miens.

— Continue, Rosie.

Elle reprend l'enveloppe et ouvre difficilement la lettre qui lui est adressée.

Ma chère Rosie,
Je t'écris cette lettre avec des mots injustes, puisque les mots justes sont impossibles à trouver. On s'est juré, toutes petites, sur la vieille balançoire derrière chez moi, de toujours se dire la

vérité. Mais comme tu le dirais si bien : « Toute vérité n'est pas bonne à fuir. » Je te reprendrais alors pour préciser que l'expression exacte est « Toute vérité n'est pas bonne à dire ».

Si je t'ai menti, c'est pour te protéger, comme on protège une petite sœur. Je suis désolée.

Au moment d'écrire ces quelques lignes, je viens d'apprendre qu'il me reste moins d'une année devant moi. Une tumeur... Si je te l'ai caché, c'est que je vais vivre, Rosie. Je te le promets. Je ne me laisserai pas abattre. Si je ne suis jamais revenue à New York, c'est pour vivre mieux. Vivre tout court. Cette ville était sur le point de m'enterrer vivante. Loin de ma famille, de ceux que j'aime, du cours d'eau au bout de la prairie et de notre balançoire.

Et ce n'est pas fini... Quand j'étais enfant et qu'arrivait le mois de décembre, je dressais la liste de mes souhaits les plus chers. Aujourd'hui, ma liste a bien changé.

Lorsque je serai guérie, je vais trouver l'amour, Rosie. Il sera grand et beau. Il me demandera en mariage au bord du ruisseau où nous allions pour pêcher quand nous étions toutes petites. Ce jour-là, nous serons réunies. Tu seras témoin et demoiselle d'honneur.

Ce n'est pas tout. Il me fera un enfant. Ce sera une fille. On l'appellera Victoria puisqu'elle marquera ma victoire à ce combat. Tu en seras la marraine.

Au moment de lire cette lettre, tu seras près de moi. Ça, c'est une promesse que je saurai tenir! Je t'aime, Rosie…

Lisa
23 décembre 2016
1 h 11

Le silence est entrecoupé de reniflements. J'ouvre mes yeux, et la première chose que j'aperçois, c'est l'immense horloge au-dessus de la porte. Elle indique 1 h 11.

Je lève ma tête lourde vers mes parents. Mon père tient ma mère au creux de ses bras. Tout le monde est sous le choc.

Je regarde Derek. Si j'étais lui, je serais déjà partie en courant. Il reste. Malgré le mensonge que j'ai entretenu. Quand j'ai écrit cette lettre pour Rosie, j'étais dans mes rêveries de petite fille. J'étais loin de m'imaginer que la vie allait me ramener Derek. Cet homme doux, patient, fort et brillant avec qui j'avais dansé au Four Seasons. Je ne peux pas croire que, bientôt, je devrai le quitter.

Il s'avance vers moi.

La douleur est insoutenable. Je donne libre cours à mes larmes, et tout ce que je trouve à dire, c'est:

— Je t'aime tellement. J'ai vécu avec toi la plus belle année de ma vie. Je suis sincèrement désolée.

— De quoi?

— De n'avoir pas su gagner toutes mes batailles. De n'avoir pas su tenir mes promesses. D'être tombée follement amoureuse de toi, de t'avoir fait un enfant et de vous abandonner tous les deux.

Je me détourne légèrement sur le côté, incapable de lui faire face plus longtemps.

De ses bras forts et rassurants, il m'enlace.

45

— Mademoiselle Walter?

Nous sursautons. Mes yeux en pleurs cherchent à qui appartient cette voix agressante surgissant de l'autre bout de la pièce. Une voix si forte qu'on jurerait qu'elle provient d'un porte-voix. À travers un brouillard de larmes, j'aperçois un parfait inconnu qui attend sur le pas de la porte.

Je suis complètement exténuée. Il m'est impossible de faire le moindre effort pour le saluer. Tout mon corps me fait mal. La sueur coulant de mon front jusqu'à mes yeux rougis m'empêche de distinguer les traits de l'homme.

Il dit:

— Excusez-moi de vous interrompre. J'aurais besoin de vous parler un instant.

— Est-ce que le bébé va bien?

En terminant de nettoyer la pièce qui a tout d'un champ de bataille, l'infirmière qui se trouve à mes côtés lui signale que le moment est mal choisi et qu'il va devoir revenir un peu plus tard.

Je récupère tout ce qu'il me reste d'énergie pour lui dire :

— Sans vouloir vous vexer, si c'est pour m'apporter une mauvaise nouvelle sur mon état de santé, je préférerais que cela attende, monsieur.

L'homme en blouse blanche s'impose. Il s'avance et s'installe dans le fauteuil de cuir bleu juxtaposé à mon lit. L'infirmière lève les yeux au ciel en soupirant, exaspérée. On l'entend maugréer :

— Ces médecins, ils se croient tout permis !

Je la regarde et, d'un hochement de la tête, lui signifie que ça ira. Les lumières tamisées de la chambre m'apaisent, malgré l'inquiétude qui me gagne.

— Dois-je en conclure que cela ne peut pas attendre, monsieur ? C'est terminé ?

— Je suis le Dr Brown. Je travaille pour le cabinet du Dr Edward.

Déjà, il fait une courte pause. Je déteste cette manie qu'ont les médecins de prendre leur temps pour dire ce qu'ils ont à dire. Il y a certaines situations dans la vie qui pourraient très bien se passer de préliminaires…

— Pourquoi n'est-il pas venu lui-même ?

— Mademoiselle Walter, ce que j'ai à vous dire risque de vous choquer.

Je ferme les yeux, prête à recevoir la mauvaise nouvelle. Pourquoi ne puis-je pas simplement profiter des quelques instants qui me restent ?

— La mort ne me fait plus peur dorénavant.

— Si le Dr Edward n'est plus joignable depuis quelque temps, c'est qu'il ne peut plus pratiquer son métier.

— Est-il malade ?

— Sans entrer dans les détails, je peux vous révéler qu'il a eu de nombreux problèmes familiaux qui ont nui à sa vie professionnelle, entraînant d'énormes dommages collatéraux pour plusieurs de ses patients. Les fautes qu'il a commises sont très graves, voire irréparables.

— Pourquoi me dites-vous tout cela ? Avez-vous regardé mon dossier ? Savez-vous à quel point mon temps est précieux ?

— Je sais. C'est pourquoi j'ai pris la peine de venir jusqu'ici. L'idéal serait que tout cela ne se soit jamais produit, mais ce n'est pas le cas. Ce que j'ai à vous annoncer risque d'avoir un impact sur le reste de votre vie. Vous devez être prête à l'entendre.

— Le reste de ma vie ? Ça se compte en jours alors… Je ne vois pas ce que cela pourrait changer.

— Comme je vous le disais plus tôt, le Dr Edward a commis de nombreuses fautes dans la dernière année. Des prescriptions erronées, des mélanges de dossiers et de mauvais diagnostics.

Plus un bruit dans la chambre. Tout le monde est suspendu aux lèvres du Dr Brown.

— Vous aurez toutes les raisons du monde de lui en vouloir, mais vous n'allez pas mourir… En fait, oui… un jour ! Mais pas maintenant…

Mes yeux, qui commençaient juste à s'assécher, se remettent à couler.

— Je vous préviens, si c'est une mauvaise blague, ce n'est vraiment pas le moment, monsieur Crown !

— C'est Brown. Croyez-moi, je ne joue pas avec la vie des gens ! On trouvera une solution pour traiter vos migraines persistantes. Je vous laisse vous reposer, on se reparle très bientôt.

Il salue d'un signe de tête tous ceux qui se trouvent dans la chambre et se dirige vers la sortie, comme un messie venu nous annoncer la résurrection du Christ. Il se retourne dans l'embrasure de la porte pour m'adresser encore quelques mots.

Je suis aveuglée par l'océan qui déferle de mes yeux, mais je l'entends. Je ne reverrai peut-être jamais cet homme, mais ses dernières paroles résonneront toujours dans ma tête, désormais allégée du poids d'une mort précoce.

— Profitez bien de la vie, mademoiselle Walter… Et de votre petite…

Derek l'interrompt :

— Elle s'appelle Victoria… Victoria Walter Freeman.

Rosie, maman, papa et Derek se jettent sur moi, encore endolorie par l'accouchement. J'ai du mal à assimiler ce que l'on vient de m'apprendre. Au milieu des pleurs et des cris de soulagement, mon cœur balance entre le rêve et la réalité. Pour eux, le cauchemar n'aura duré que quelques minutes. Pour moi, une année entière… Je ferme les yeux et respire profondément, en espérant que tout cela est bien vrai.

L'infirmière, émue par la scène dont elle a été témoin, prend Victoria et la dépose dans mes bras. Des frissons envahissent mon corps.

Elle est si belle. On croirait un ange.

Il me faudra du temps avant de mesurer pleinement tout ce qu'impliquent les révélations du Dr Brown. Est-ce possible que tous mes symptômes aient été causés simplement par la fatigue et le stress de ce changement de vie et par ma grossesse ?

Pendant toute la dernière année, j'ai cru que j'allais mourir. C'est ce qu'on m'avait dit. J'ai essayé de profiter de chaque instant, puisque je croyais qu'à tout moment la terre pourrait s'arrêter de tourner.

Ironiquement, cela aura été la plus belle année de ma vie. L'année de nombreux changements. Elle est bien faite, la vie ! Elle m'aura décidée à quitter un emploi qui était devenu un fardeau pour moi. Elle m'aura rapprochée de ma famille. Elle m'aura ramené ma Rosie et m'aura permis de rencontrer l'homme de ma vie, le père de mon enfant.

Il est là, debout à côté du lit.

Je viens de lui causer toute une frousse ! J'avais peur, moi aussi ! J'avais tellement peur… Je ne voulais pas partir. Je ne voulais pas mourir.

Rassuré et ému, Derek nous couvre de baisers en nous promettant de nous protéger toujours et à jamais, Victoria et moi.

Il dit :

— Alors, mademoiselle Walter, voulez-vous m'épouser ?

J'espérais tellement qu'il referait sa demande. C'est ce que je voulais le plus au monde. Devant les yeux en larmes des êtres les plus importants pour moi, dans cette petite chambre d'hôpital, je réponds :

— Tu peux m'appeler « madame Freeman ».

Journal de Lisa Walter
Confidentiel

S'il y a une chose que j'ai apprise durant la dernière année, c'est que ce n'est pas fini tant que ce n'est pas fini ! Ce n'était pas ma dernière année, finalement. Mais je l'ai cru... Et cela aurait très bien pu m'anéantir.

Les miracles se produisent. Ils surviennent au moment où l'on s'y attend le moins. Parfois même quand on ne les espère plus.

Maintenant, j'y crois. Je suis consciente que cela ne se passe pas toujours de cette façon et qu'il faudra bien que je parte un jour, laissant derrière moi les gens que j'aime, mais pas tout de suite. Le Bon Dieu a accepté de m'accorder un peu de temps et je compte bien l'utiliser différemment, le chérir.

Il m'a offert cette seconde chance, celle dont tout le monde rêve.

En ouvrant mes bagages à mon retour à la maison, je suis tombée sur mon journal.

Je n'ai pas voulu en relire les passages. Je n'ai pas envie de revenir en arrière. J'en brûlerai les pages, et je me débarrasserai des cendres. Je les disperserai dans la grande prairie et dans le ruisseau, derrière la maison.

Même si cette épreuve était nécessaire pour me faire réaliser l'importance de la vie, elle aura tout de même failli avoir ma peau.

Ces rêves, ceux qui me hantaient depuis quelque temps, je compte les transformer en réalité. Je vais vieillir ici, dans ce ranch. Auprès de mon futur époux, Derek, et de notre fille, Victoria. Mon travail n'en sera plus un, puisque je me réveillerai chaque matin auprès de l'homme que j'aime et qu'ensemble nous nous occuperons des bêtes. C'est ça, le destin de Lisa Walter. Maintenant je comprends pourquoi on m'a envoyé Derek. Si je ne l'avais pas rencontré le jour où j'ai reçu le diagnostic, je ne me serais probablement pas accrochée à la vie comme je l'ai fait.

Aujourd'hui, nous sommes trois. Mes parents sont encore en santé, marraine Rosie est revenue dans la région pour s'installer avec nous, et Derek et moi allons bientôt nous marier.

En une seule année, il peut couler beaucoup d'eau dans le petit ruisseau derrière notre maison. Il suffit d'y croire et de faire confiance à la vie.

Ce n'était pas ma dernière année, finalement. Mais c'est la fin de ce journal, la fin des jours sombres.

Même si j'aime écrire. Même si c'est une passion pour moi, je préfère passer à autre chose. Une nouvelle vie me tend les bras. Je profiterai de chaque seconde de celle-ci. Le compte à rebours continue, mais il y a un peu plus de sable dans le sablier.

Le bonheur pointe le bout de son nez, il est juste là. Je pourrai enfin l'atteindre.

À qui de droit, merci pour ce temps accordé. Je le reçois comme un cadeau et j'en prendrai soin, c'est une promesse.

*Je n'écrirai pas « **La fin** » lorsque j'arriverai au bout de cette histoire. J'écrirai plutôt :*

La vie

LW

Restez à l'affût des titres à paraître chez Libre Expression en suivant Groupe Librex:
Facebook.com/groupelibrex

Cet ouvrage a été composé en ITC New Baskerville 12,25/15
et achevé d'imprimer en avril 2018 sur les presses
de Marquis imprimeur, Québec, Canada.

100 % post-consommation
procédé sans chlore
garant des forêts intactes™
énergie biogaz
archives permanentes

Imprimé sur du papier 100 % postconsommation,
accrédité Éco-Logo, traité sans chlore, garant des forêts intactes
et fait à partir de biogaz.